초록야차의 환시幻視

초록야차의 환시幻視

박 황 소설집

초록야차의 환시幻視

초판 1쇄인쇄 2019년 11월 28일
초판 1쇄발행 2019년 11월 30일
저 자 박 황
발행인 박지연
발행처 도서출판 도화
등 록 2013년 11월 19일 제2013-000124호
주 소 서울시 송파구 중대로34길 9-3
전 화 02) 3012-1030
팩 스 02) 3012-1031
전자우편 dohwa1030@daum.net
인 쇄 (주)상현디앤피
ISBN | 979-11-90526-00-5*03810
정가 13,000원

*이 책은 2019년 경상남도 산청군 문화예술진흥기금사업에서 일부 보조
받아 발간했습니다.

도화道化. fool는
고정적인 질서에 대한 익살맞은 비판자,
고정화된 사고의 틀을 해체한다는 뜻입니다.

차 례

작가의 말

살계殺鷄

여섯 살, 우철이 유치원을 다닐 때였다.

아버지는 닭의 양 날개를 잡고 머리를 비틀었다. 그리고 목이 꺾인 채 버둥거리던 놈의 가슴에 식칼을 깊숙이 박았다. 부들대는 놈에게서 칼을 빼자 한 줄기 붉은 선이 흐릿한 여름 햇살을 갈랐다. 아버지가 멈칫하는 찰나지간 놈은 손아귀를 벗어나 하늘을 날았다. 그리고 꺾인 목을 흔들며 온 마당을 뛰어다녔다. 놈의 뒤를 따라 사방에 새빨간 혈화血花가 피어났다. 우철은 비명을 지르며 할머니의 치맛자락에 얼굴을 묻었다. 그것은 아버지에게 다시 잡히기까지 마당을 두 바퀴 이상 치달았다. 옥수수의 연한 조복 안개와 들깨 향기로 가득했던 흙 마당에 피꽃이 만개했다.

경상도 오지 강천江川의 7월은 서울보다 뜨거웠다. 습습한 서울 하늘의 햇살과는 사뭇 다른 느낌의 볕살이다. 지리산 천왕봉에서 뻗어 나온 구곡산 자락의 햇살은 거친 야생의 느낌을 주었다. 밀짚모자를 투과해 와이셔츠와 러닝을, 군복 바지와 팬티를 뚫고 전신을 훑는 태양의 숨결을 우철은 즐기려 노력했다. 온몸을 후벼파는 폭염의 자외선이 비타민D의 감로수라고 생각해 본다. 겨우 사흘 만에 내려온 것인데 서울 집에서의 늘어진 일상과 게으름이 그의 몸에 더덕더덕 붙어 있듯 무거웠다.

우철은 창고로 쓰고 있는 컨테이너로 가 모이를 마대에 퍼 담았다. 그리고 물뿌리개를 가득 채워 닭장으로 향했다. 40여 미터를 이동했을 뿐인데 땀이 비 오듯 흐르기 시작했다. 사흘 만에 보는 누런 사료 마대가 반가웠는지, 닭들이 출입문 앞으로 몰려들어 퍼덕거리고 웅성댔다.

지난봄 황 이장이 사다 준 병아리 삼십 마리 중 스물두 마리밖에 살아남지 못했다. 첫날 스트레스로 인해 두 마리가 죽고, 이후 세 마리는 들짐승에게 먹혀버렸다. 닭장의 허술한 철망을 뚫고 침입한 정체 모를 짐승은 암탉 한 마리와 수탉 두 마리의 내장과 부드러운 하체만 뜯어 먹고 사라졌다. 그리고 한 달여가 지

난 후 우철의 모친이 닭장의 잠금장치를 확인하지 않아 피식被
食되었을 것이 확실한 두 마리의 행방불명과, 풀려 있던 진돗개
에게 가슴팍을 물린 한 마리까지 모두 여덟 마리가 두 달을 살지
못하고 죽었다. 그러나 5개월여를 살아남은 스물두 마리는 이제
제법 토종닭의 위엄을 뽐내고 있었다. 더불어 소 잃고 외양간 고
치듯 닭장 둘레로 설치한 철망 울타리는 놈들의 생존율을 높였
다.

닭장 울타리의 문을 열었다. 쇠파이프와 대나무로 지지대를
만들고 하늘까지 철망을 치는 등 사흘 동안 진땀으로 만든 울타
리였건만 문짝을 여닫을 때마다 끼익 거리며 불편한 소리를 냈
다. 그나마 잠겨 있는 동안에는 괜찮았지만 사용 횟수가 많아짐
에 따라 문틀이 어긋나면서 잠금쇠 사이 간극이 발생하여 뻑뻑
해졌다. 울타리 문짝의 개폐는 얼마간의 근력이 소모됐고, 잠근
후의 확인이 필요했다.

두 개의 사료 통에 모이를 나눠 담았다. 슬리퍼를 신은 우철
의 발가락을 쪼아대던 놈, 사료 마대에 달라붙던 놈들이 모두 둥
그런 먹이통에 모여들어 머리를 박기 시작했다. 몇몇 성질 급한
놈들은 사료 통 위로 뛰어올랐고 그때마다 우철은 그들을 거칠
게 밀쳐냈다.

"드런 놈이 어디 밥통 안으로 들어갈라고…."

탁탁틱틱 모이를 쪼는 소리가 점점 빨라지고 있었다. 울타리 밖의 물뿌리개를 가지고 들어왔다. 물그릇에는 흙인지 똥인지 모를 오니가 바닥에 떡을 지고 있었다. 잡초 한 움큼을 뽑아 그릇을 닦았다. 적어도 먹는 물인데 똥물은 아니다 싶었다.

물그릇 두 개에 물을 넘치게 부어 놓고 사료 마대와 물뿌리개를 수습한다. 그리고 쭈그리고 앉아 담배 한 가치를 뽑아 물었다. 조류의 집단 취식은 구경하기에 심심치 않아 한동안 눈길을 떼지 못한다.

쪼아 먹는 게 아니었다. 오목한 사료 통이라 그렇겠지만 윗부리로 사료를 긁어 아랫부리에 담아 퍼 넣었다. 그러고도 멀떠구니(모이주머니)에 잘 안 들어가는지 고개를 갸웃대거나 주억거리며 삼키고 있었다. 하지만 다 그런 것은 아니어서 놈들의 식습관도 각각이구나 싶었다. 같은 시기에 부화한 놈들이라도 전체적으로 수놈들이 암놈에 비해 덩치가 좋았다. 그중에서도 덩치가 큰 몇몇 놈들은 작은 것들을 철저히 무시했다. 자신이 먹기 위해서 옆 놈의 머리를 밟았고 목 춤을 쪼아 바깥으로 몰아내기도 했다. 우철이 사료를 부어줄 때 통 위로 뛰어오르다 얻어맞고 떨어지는 놈들 대부분이 큰 덩치의 수컷들이었다.

벼슬이 3센티미터나 자랐을까, 가장 풍채가 좋은 수컷이 꼭꼭거리며 슬금슬금 우철의 주변을 돌았다. 아마 주방에서 나오는 야채나 과일 껍질, 보리차 찌꺼기 등 잔반이 있는지 확인하는 것 같았다. '없어, 인마. 나도 아직 밥 안 먹었어.' 우철은 녀석의 엉덩이를 밀어냈다. 서열 1위를 밀어내니 또 다른 수컷이 다가왔다. 꽁지깃 두 개에 유난히 푸른빛이 돌고 평균 이상 다리가 긴 녀석이다. 하지만 서열에 낄 만한 허우대나 카리스마가 있는 놈은 아니다. 놈은 중병아리 시절부터 우철의 옆에서 동선動線을 같이 하며 때때로 눈을 맞추는 놈이었다. 놈의 꿍꿍이를 알 수는 없었지만 우철은 '깜농이'라 이름 붙여 주었고 놈의 '주인'이 되었다. 스물두 마리 중 유일하게 이름을 가진 놈이고 종계로 키울 생각이었다. 깜농이 말고도 친밀감을 보이는 녀석들이 몇 있었다. 흡사 자신들을 건강하게 사육되는 식용 계육이 아니라 애완용 반려 닭으로 착각하는 것 같아 우철은 가끔 씁쓸한 기분이 되곤 했다.

닭 모이를 주고 한 시간 가까이 텃밭에서 김을 맨 우철의 몸이 땀으로 절었다.

사위가 어둑해졌건만, 더위는 가실 줄 몰랐다. 더구나 눈앞에서 윙윙거리는 '깔따구'들 때문에 신경이 있는 대로 날카로워졌다. 모기도 아니고, 파리도 벌도 아니다. 크기는 삼사 밀리미터 정도밖에 안 되는 것들이 눈, 코, 입으로 머리로 들어오려고 안달을 했다. 그들이 물든 말든 신경을 끊으면, 샤워를 할 때 거울 속의 얼굴이 변해있다는 것을 알아차리게 된다. 특히 눈두덩이나 광대뼈 언저리는 물린 자국이 대추만 하게 부어올라 낯선 사람의 얼굴이 되어 버린다. 우철은 전년도에 얼굴 왼쪽의 눈두덩부터 아래로 세 군데를 나란히 쏘인 적이 있었다. 그의 얼굴은 마치 누구에게 흠씬 얻어맞은 것처럼 퉁퉁 부어 가관도 아니었다. 며칠이 지나도 가라앉지 않아 결국 병원에서 주사와 약을 처방받아 치료를 했었다.

처음에는 도시 사람의 체질이 지리산자락에 적응하지 못해 생긴 일종의 곤충 알레르기라 믿었다. 하지만 아랫마을 종현에 의하면 깔따구는 강천 사람들도 저어하는 벌레라고 했다. 수풀이 우거진 곳과 습한 곳을 좋아하고 새벽녘, 저물녘에 주로 활동하고 한 번 쏘이면 모기보다 훨씬 아프고 퉁퉁 붓는다고 했다.

한 이랑이나 잡초들을 파냈을까 현기증이 일었다. 헛구역질도 나기 시작했다. 우철은 몸을 일으키며 '이런 저질 체력…' 투덜거리며 호미에 잔뜩 엉겨 붙은 흙을 털어냈다.

샤워를 하고 속옷과 양말을 빨았다. 창고를 겸한 별채의 건조대에 씻은 옷을 널고 있는데 마당으로 들어서는 우악스런 엔진소리가 들렸다. 아랫마을의 종현이다.

"어, 왔냐."

"예, 아까 밭에서 형님 차 올라가는 거 봤어예. 팬티만 입고 뭐 합니꺼."

"하긴 뭘 해. 이제 막 샤워했구만."

"막걸리 두 병 사 왔심더, 지는 요즘 통풍약 때문에 술 끊었습니더."

"미리 오리발이가? 우쨋든 술 사 와서 고맙다. 들어가자."

우철은 냉장고에서 계란말이와 김치를 꺼내놓고 막걸리를 마시기 시작했다. 선풍기를 틀며 방향을 조절했다.

"흐미 덥다. 서울은 인간들이 북적거려서라지만, 여기는 산밑인데도 정말 덥다―. 요즘도 계속 일 나가냐?"

"어데예, 지난주까지 실컷 놀았다 아임니꺼. 근데, 올라오면서 보니까 닭장이 있데예, 형님이 직접 만드셨습니꺼?"

"내가 용접만 할 줄 알았으면 직접 만들었을 텐데…"

"그럼 황 이장이 만든 겁니꺼?"

"그렇지 뭐, 이 동네에서 그런대로 알고 지내는 사람이 너하고 권 씨 아재, 황 이장밖에 더 있냐?"

"우찌 해줍디꺼?"

"재료비에 자기 일당 따로, 이틀분."

"그라모 술찮게 들었겠네예?"

"그래. 수월찮게 들었어. 진작 니한테 용접이라도 배웠으면
재룟값만 나갔을 텐데, 그런데 파이프값이 왜 그리 비싸냐? 목
재값은 대충 알겠는데, 쇠 종류는 거래해 본 적이 없어 청구서에
적힌 대로 다 지불은 했지만."

"쐬도 쐬 나름이고 빠이프도 빠이프마다 틀리예, 질이, 모양
이 재질이 다 다르니께. 울타리도 황 이장이 쳐 줍디꺼?"

"울타리까지 해주어야 하는데 코빼기도 안 보여서 울타리는
내가 다 했다. 올 시간이 없어서 못 왔다 카더라. 와셔니 볼트니
남은 재료들은 다 챙기고, 일은 끝내주지 않고 일당은 이틀 치로
챙겼어. 닭장 만드는 거 옆에서 보니까 많이 잡아야 네 시간 정
도 걸린 거 같더만, 지랄."

"그래 내 뭐랬소. 용접기 하나 사가지고 오면 갈쳐 준다니까,
그때 바로 했으면 큰돈 안 들었을낀데…"

"그래, 그랬어야 했는데, 쯥. 근데 너 정말 한 잔도 안 할 거냐?"

우철은 종현에게 잔을 내밀었다.

종현은 야무진 사람이었다. 나이는 마흔한 살로 우철보다 두 살 어렸지만, 까맣고 자그마한 체구를 지닌, 태어나 지금까지 강천면에서 살고 있는 토박이였다. 봄과 초여름까지는 주로 포크레인 일을 하고 가을과 겨울은 곶감 농사를 짓고 있는 알짜배기였다. 베트남 여인과 결혼해 두 명의 딸이 있고, 동네에서 우철보다 어린 유일한 젊은이였다. 또한 가장 가까운 이웃 중의 한 사람이었다.

"근데, 형님, 닭은 와 키울려 합니꺼?"

"와라니, 아, 유정란 먹을라고 키운다, 토종닭 고기도 먹고."

"그냥 농협마트 가면 얼마든지 있는데, 뭐 하러 신경 쓰이게 키웁니꺼, 지도 잠깐 키워봤는데 하이구, 사룻값만 들고 별 재미도 못 봤심더…"

"슈퍼에서 파는 닭하고 계란하고 같냐? 쟤네들은 흙땅을 뛰어다녀 운동도 하고 이것저것 잘 맥이고 있는 놈들인데, 그런 공장 닭들하고 비교를 하냐? 나중에 닭 잡으면 연락할게, 그때 와서 함 먹어봐라."

"아무래도 양계장 닭하고야 차이가 있겠지만 뭐 그리 차이가 난다꼬예. 맥여 키워야지, 잡아야지, 허이구… 행님, 닭은 잡아 봤소?"

16

"니는 잡아 봤나?"

"어데예, 닭 키울 때도 엄니가 잡아주셨지예, 개는 잡아봤어도 닭은 잡기가 좀 그렇대예."

"나는 두 마리 잡아 봤다. 뭐 그리 어렵지 않던데…"

"어데, 군대서? 우찌 잡았소? 비틀어서? 도끼로?"

"아니 그냥 칼로."

"목이 잘 안 떨어질낀데, 칼로 닭 모가지 끊어내기가 쉽지 않아, 손도끼로 해야 잘 떨어지는데?"

17년 전 일 것이다.

대학원의 불교철학과 석사과정에 재학 중이던 우철은 당시 갓 전임강사로 임용된 장 선배를 축하하기 위한 연합MT에 참석했다. 대학원 연구실에서 공부하는 석사과정생들과 박사과정의 선배들, 그리고 학부의 후배들과 함께 어울렸다. 용문사 인근 마을로 낙향하여 박사학위 논문을 준비하던 임 선배의 농가農家가 일행의 MT 장소였다.

도착한 오후, 용문사를 관람하며 고담준론을 나누던 불교철학과 학동 일행은 해가 지고 어두워지면서 그 본색을 드러냈다.

채광은 환하게 잘 되어 있지만, 옆 사람 숨소리까지 들리는,

대여섯 평 연구실의 칸막이 책상에 파묻혀 종일 불경과 범어사전과 씨름하던 사람들이다. 우스갯소리로 내공의 우열을 엉덩이에 핀 곰팡이로 알 수 있다던 젊은이들은 책상을 벗어나 숨 쉴 수 있는 기회를 유야무야 놓치지 않았다.

저녁식사와 함께 일곱 시부터 시작한 술자리는 열 시가 되어도 한 명의 낙오자 없이 진행되었다. 열한 명이 둘러앉은 자리는 소주 한 짝과 맥주 한 짝이 진작에 거덜 나고 안주는 기본 밑반찬까지 비워졌다. 열심히 부엌과 주연장을 오가던 임 선배의 아내도 이제는 아무것도 없다며 행주로 손사래를 쳤다. 그러자 얼굴이 붉어진 채 구석에서 낄낄거리던 집주인 임 선배와 입담 걸고 오지랖 넓기로 유명한 선우 선배가 슬며시 후레쉬를 들고 일어섰다. 그리고 그들은 30분 후 소주 한 짝과 40킬로짜리 쌀 포대 하나를 어깨에 지고 우쭐거리며 귀가했다.

그들이 안주라며 어깨에 지고 온 쌀 포대에는 살아있는 닭 두 마리가 퍼드덕거리고 있었다. 지금 이 야밤에 살아있는 닭을 가져오면 어떻게 하냐며 웃고 화내던 학생들은 얼마 지나지 않아 진지하게 의논을 했다.

무슨 안주를 만들 것인가에 대해 그리고 누가 저 닭을 잡을 것인가.

협의는 오래 걸리지 않았다. 처음 한두 명의 선배들이 우철을 바라보기 시작했고 곧 나머지도 선배들의 시선을 따라갔다. 스무 개의 눈동자가 더는 움직이지 않았다.

'왜 날 봐? 내가 잘 잡게 생겼어? 어이구, 그랴, 내가 한다. 내가 해.'

우철은 얼큰해진 취기에 호기를 부리며 형수에게서 식칼을 받아 수돗가로 내려갔다. 선우 선배와 신임 강사인 장 선배가 따라 나오고 '닭 잡는 거 처음 봐' 운운하며 여자 선배 몇몇이 신발을 꿰찼다.

닭 한 마리를 마대에서 꺼내 눕혔다. 장 교수가 닭의 몸통을 잡았다.

우철이 닭의 목에 칼을 댔다.

순간, 몸속에서 취기와는 다른 기이한 열기가 솟았다. 닭목의 중간을 겨냥하고 도끼질하듯 내리쳤다. 삼 분의 일쯤 잘렸을까, 피가 뿜어져 나오기 시작했다. 우철은 자신도 모르게 침을 삼켰다. 그의 얼굴이 조금 창백해졌다. 내리치는 두 번째 칼에 목이 떨어져 나갔다. 순간, 다리를 휘저으며 몸을 일으키려는 듯 닭이 꿈틀거렸고 목에서 뿜어지는 피가 붉은 리본처럼 허공에 너울거렸다. 입을 손으로 막고 지켜보던 여자 선배들이 비명을 지르며 혼비백산 집안으로 뛰었다.

"에이, 옷 버렸잖아, 선우 형, 이제는 형이 해라."

우철은 벌떡 일어나 바지에 튄 피를 털며 교대하자고 했다.

"옷 버린 놈이 계속해라, 그리고 여럿이 죄지을 필요 없잖아."

절레절레 도리질 치는 선우 선배가 말끝을 애매하게 흐렸다. 목 없는 닭은 누운 채 계속 두 다리로 허공을 젓고 있었다.

두 번째 닭은 엎어 놓았다. 첫 번째 닭을 뉘어놓고 잘라서 피가 사방으로 튀었을 것이다. 장 선배가 다시 머리와 몸통을 양손으로 잡아 눌렀다. 우철은 절단 부위의 길이를 가늠하며 살며시 칼날을 올려놓았다. 몸 안의 열기가 오른팔로 흘러감을 느꼈다. 호흡을 멈추고 우철은 작두로 썰 듯 리드미컬하게 칼질을 했다. '툭' 하는 소리가 들리는 것 같았다. 식칼의 날이 시멘트 바닥에 닿는 느낌이 전해졌다. 닭의 경추 관절 사이로 칼날이 정확하게 들어갔던 것일까, 첫 번째의 닭과 다르게 두 번째 닭은 그야말로 조용하고 신속하게 숨을 끊을 수 있었다. 피도 그리 튀지 않았다.

꿈틀거리는 닭의 몸통을 잡고 있던 장 선배는 허리를 펴며 '어후, 이거야, 원…' 하며 큰 숨을 내쉬었다.

안경을 추스르며 구경만 하던 선우 선배는 '지장보살, 지장보살, 나무관세음보살' 운운하며 천도재 지내는 흉내를 냈다. '아, 할라면 제대로 다 하던가, 지장보살만 외면 그게 지장경이요?' 비웃듯 뇌까리는 우철을 보고 선우 선배는 자못 엄숙한 표정을 지었다. '경문이 중한 게 아니라 안주를 위해 살생을 한 반성과 천도를 위하는 내 진심이 중요한 거야.' 우철은 낄낄거리기 시작했다. '주정도 전공 따라가네.'

굳어진 닭 두 마리는 바로 부엌으로 옮겨지고 얼마 후 파삭거리는 햇감자와 함께 닭볶음탕이 되어 술상에 올랐다.

닭 두 마리를 잡고 난 후에도 한동안 우철의 열기는 식지 않았다.

그는 툇마루에 앉아 연거푸 담배를 피워 물었다. 별이 쏟아질 듯 눈이 시릴 정도로 청명한 용문산의 밤하늘이 머리를 식혀주었다.

마당에 우두커니 서 있는 대추나무 가지가 흔들렸다.

별빛을 품은 바람이 그의 얼굴을 쓰다듬으며 열기를 사그라트렸다. 열기가 사그라진 자리에 아련한 슬픔이 차오르기 시작했다. 형용할 수 없는, 원인을 알 수 없는 슬픔이 가슴에 뭉쳐지고 있었다. 눈시울이 붉어진 우철은 목젖을 울리며 입안의 것을 삼켰다. 눈물이 눈에서만 솟는 것이 아님을 알게 되었다.

왁자지껄한 술자리의 소음이 들려왔다. 이번 술상의 주인공이라며 일 배를 종용하는 장 선배와 선우 선배에게 우철은 손사래를 치고 물러났다.

전혀 마음이 내키지 않았다. 그날 밤 우철은 닭볶음탕의 고기는커녕 한 숟가락의 국물조차 입에 대지 않았다.

"그래도 행님은 잡아봤네요, 닭 모가지 단칼에 끊는 그기 어렵다고 하던데, 뼈 사이로 칼을 잘 넣었나 보네."

"몰라, 아마 술도 한잔 걸쳤겠다, 전역한 지 얼마 안 된 때라 기운이 뻗쳤겠지."

종현은 잠시 말을 끊고 우철을 가만히 쳐다보았다.

"와, 뭐 묻었나?"

우철은 입 주위를 손등으로 닦아낸다.

"얘기하다 본께 참말로 행님도 수월찮쏘."

"무슨 소리야? 뭐가 수월찮은데?"

"아, 머긴 머요, 사는 게 수월찮다는 거지. 대학교 졸업하고 대학원까지 마친 양반이 여서 뭐 하고 있는 거래? 들인 학비가 아깝잖소? 그라고 멀쩡한 직장도 때려 치고 와 여기서 닭똥 내나 맡고 있냐 말이요. 남들은 다 도시로 못 떠나서 환장하는데…"

"아, 고마 그런 얘긴 됐다. 사람들한테 치어서 그랬다, 왜. 그리고 널따란 기름진 땅, 잡풀 더미로 그냥 썩힐 순 없잖아."

"그래도, 행님! 아무리 귀농이 유행이라고 하지만, 행님은 아닌 것 같어. 밖에서 더 돈 벌어야지. 여서 일 배우고 흙 파먹고 살기에는 너무 늦게 시작하는 기고, 그렇다고 돈이 많아 전원생활 즐기면서 사는 귀촌도 아닌 거 같고…"

"아따 됐네, 이 사람아. 막걸리나 한잔 해."

우철은 종현의 말을 끊고 막걸리 사발을 내밀었다.

새벽 다섯 시, 머리가 묵직했다.

저녁참에 마신 막걸리 두 병은 결코 많은 양이 아니었는데, 우철은 속이 개운치 않았다.

창문 밖으로 이방산 위의 뭉게구름이 보였다. 우철은 서둘러 일어나 작업복을 챙겨 입었다. 손바닥이 노랗게 코팅된 장갑을 끼고 밀짚모자를 눌러 썼다. 앞으로 며칠간 3,000여 평에 식수한 300주의 감나무 주위를 정리해야 했다. 감나무라고 해봤자 1, 2년생 묘목을 작년 봄에 심은 것으로 앞으로 3~4년은 더 키워야 수확을 할 수 있었다. 아직 사람 키만큼도 자라지 못한 어린 묘목일 뿐이다.

산에는 하얀 개망초꽃이 지는가 싶더니 어느새 노란 달맞이 꽃들이 세 걸음에 하나씩 자리를 잡고 있었다. 달맞이꽃이 어디 어디에 좋다고 TV 프로그램에도 자주 나왔지만, 정작 우철은 관심이 없었다. 그에게 달맞이꽃이란 너무 왕성하게 자라 목화木化되어 베어내기 힘든 여느 잡풀일 뿐이었다.

우철의 거친 낫질에 산딸기, 바래기가 한 아름씩 베어져 나왔다. 좁쌀 같은 노란 꽃들이 다복이 붙어 하늘거리던 마타리도 낫질을 피할 수 없었다. 사람 키만 한 억새들과 며느리밑씻개 등의 덩굴로 뒤덮여 있던 감나무들이 모습을 드러내기 시작했다. 얼마 지나니 예상했던 대로 깔따구들이 날아오르기 시작했다.

우철은 새삼 초목들의 번성이 두려워졌다. 아무리 생장 활동이 왕성한 여름이라 하지만 이렇게 하루 이틀 사이 눈에 보이도록 성장하는 그들의 생명력에 경외심이 생겼다. 한편으로는 초록색이 혐오스러워졌다. 초록, 연두색 계열이 사람의 마음을 안정시키는 색이라 알고 있었지만 작년부터 불편해지기 시작했다. 귀농을 하며 생긴 일종의 '녹색 공포증'이었다.

그는 평화로운 녹색 초목들 안에서 깔따구와 모기를 쫓으며 온갖 잡초와 잡목들을 베어내는 자신의 모습을 보기 시작했다. 목장갑 사이로 비집고 들어오는 관목과 덩굴들의 가시, 뱀이나 족제비의 소굴일 수도 있는 여러 형태의 땅굴을 마주하고, 온갖 인상을 쓰며, 식물들이 발하는 짙푸른 빛을 죽이기 위해 비지땀을 흘리는 자신이 마치 히드라와 싸우는 헤라클레스 같다는 생각이 들었다. 그의 갑옷은 군복이었고, 강철 검은 조선낫이고, 방패는 장갑과 호미였다. 우철은 감나무를 보호하기 위해 분탕질 치는 달맞이꽃과 아카시아, 벚나무와 산딸기 그리고 미국자리공과 오동나무, 들장미, 마타리와 칡넝쿨을 물리치는 전사이자 초목 몰살자였다.

주머니 속의 휴대폰이 시간을 일러주었다. 두 시간쯤 소모된 것 같았다. 몸에서 쉰내가 올라왔다. 작업복의 색깔이 땀으로 검게 젖어가고 있었다. 대충 바른 선크림은 이미 땀으로 다 씻겨지고 깔따구 예닐곱 마리가 앵앵거리며 얼굴 주위에서 춤을 추었다. 아침을 안 먹어선지, 작취감 때문인지 유난히 몸이 무거웠다. 결국 목표한 식전 작업의 분량을 채우지 못한 채 그는 혀를 빼물고 집으로 올라갔다.

우철이 강천에 내려오고 일주일이 지났다.

오전 녘 전화를 한 서울의 모친은 그에게 암탉 숫자에 비한 수탉 수의 조절 필요성과 복伏날의 보양식을 언급하며 닭 두 마리의 손질을 부탁했다.

저물녘, 우철은 칼을 갈았다. 군데군데 이가 빠진 낫들과 주방에서 쓰는 가위도 함께 갈았다. 숫돌 위에 칼을 사선으로 밀고 당기는 일이, 앞으로 할 일에 비하면 숨 쉬는 것만큼이나 편안하게 느껴졌다.

우철은 시골집의 한쪽 켠에 만들어 놓은 정짓간의 아궁이에 불을 넣고 물을 덥히기 시작했다. 그리고 닭장으로 내려갔다. 닭장 주변으로 '바래기'라 부르는 억새류의 잡풀이 허리 위로 올라오고 있었다. 닭똥 내가 코를 찔렀다. 울타리 안의 닭들은 누런색 사료 마대가 없음에도, 꾸룩꾸룩거리며 출입문 앞으로 몰려들었다. 안으로 들어서자 까만 꽁지깃이 특이한 암컷 한 마리가 언제나처럼 먼저 달려와 우철의 발을 쪼아댔다. 깜농이도 우철의 주변에서 그의 행보를 따라 했다. 모두가 우철의 손에 쥔 퇴비포대를 응시하고 있었다. 포대를 바닥에 내려놓자 우르르 몰려들었다. 우철은 서열 1위인 제일 큰 덩치의 수탉을 잡았다. 녀석이 꾸르륵거리며 몸을 비틀었지만 반항은 심하지 않았다. 날개를 모아 움켜쥐었다. 묵직했다. 녀석이 불편한지 발버둥을 치며 퍼덕거렸다.

우철은 울타리를 벗어나 출입구를 등에 지고 놈의 발에 타이

26

를 둘러 조였다. 서열이 1위인 만큼 포획되는 장면을 아랫것들에게 보이고 싶지 않을 거란 생각이었다. 놈을 포대 안에 넣고, 다시 한 마리를 잡았다. 물을 마실 때마다 물그릇에 발을 올려놓고 폼을 잡던, 목 주변에 붉은색의 멋진 깃털을 두른 풍채 좋은 장닭이다. 서너 발자국 떨어진 곳에서 깜농이 그를 바라보고 있었다.

우철은 닭을 넣은 포대를 들고 수돗가로 올라갔다. 정짓간 옆 평상다리에 묶인 진돌이가 소스라치게 짖기 시작했다. 포댓자루에 눈을 박고 길길이 뛰며 미친 듯이 짖어댔다.

우철은 먼저 가마솥의 물을 확인했다. 펄펄 끓지는 않았지만, 깃털을 불려 뽑기에는 충분했다.

우철은 포대에서 닭을 꺼내 수돗가에 엎어 놓았다. 오른발로 닭의 머리를 밟고 왼손으로 닭의 몸통을 잡아 눌렀다. 꼬꼬댁거리는 놈의 대가리를 칼 등으로 몇 번 후려쳤다. 곧 조용해졌다. 우철은 크게 심호흡을 한 후, 작두 썰듯 닭의 뒷목을 자르기 시작했다.

'이런, 이거 왜 이리 안 끊어져?'

기운이 솟지 않았다. 17년 전의 열기도 느낄 수 없었다. 세월이 흘러서인지, 술을 마시지 않아선지 알 수 없었다. 꿈틀거리며 바닥에 연신 몸통을 비비대던 놈의 머리를 아홉 번의 칼질 끝에 떼어낼 수 있었다. 쿨룩거리며 피가 흐르기 시작했다. 진돌이가 펄쩍펄쩍 뛰며 울부짖었다. 녀석이 묶인 곳에서는 수돗가의 정경을 볼 수가 없건만, 무엇이 보이는지, 아니면 냄새를 맡는지, 소리 없는 닭의 비명을 듣는지 녀석은 난리를 치고 있었다. 주체 못 할 힘을 발산하듯 길길이 튀어 오르고 있었다. 쇠사슬 목줄이 고무줄처럼 출렁거렸다. 뭇 생명을 죽이는 것에 대한 분노와 항의가 아니었다. 닭의 도살에 함께하고자 하는 강렬한 의지이며 갈망인 듯싶었다. 진돌의 몸태질은 광란에 가까웠고, 눈빛은 유난히 형형했기 때문이다.

우철은 닭의 몸이 움직이지 않을 때까지 두 손으로 잡아 눌렀다. 시간이 멈춰진 것 같았다. 주변의 모기들이 피 냄새를 맡고 그의 손과 닭의 머리 위에서 선회비행을 했다. 바닥에 흘러 응고된 피 주위를 돌며 닭의 목에 들러붙기도 했다. 수돗가의 외등이 노랗게 불을 밝히고 있었다.

한동안의 시간이 지난 후 닭은 완전히 몸을 놓았다.

몸을 놓는 떨림 하나하나가 그의 손끝으로 전해졌다.

"어휴, 지랄, 이게 뭔… 후우."

우철은 한숨을 토했다. 자신의 안에서 무언가 빠져나가는 느낌이었다. 온몸을 흥건히 적신 땀이 기화하는 듯했다. 하지만 시원한 느낌은 아니었다.

두 번째 닭을 꺼내 엎었다. 예닐곱 번의 칼씨름으로 대가리를 분리했다. 닭의 완전한 방전을 확인 후 침까지 흘리며 광분하는 진돌의 사정거리를 돌아 정짓간으로 갔다. 한 마리씩 가마솥의 뜨거운 물에 넣어 대여섯 번 휘저었다. 그리고 수돗가로 돌아와 깃털을 뽑기 시작했다.

시나브로 사위가 어두워지고 있었다. 날개며 꼬리처럼 굵고 튼실한 깃털을 뽑을 때마다 부욱, 뚜두득하며 이불홑청 뜯어지는 소리가 났다. 살계殺鷄 외에 죽은 닭의 손질은 처음이었지만 붕어나 돼지와 크게 다르지 않았다.

한쪽 발을 물통에 걸쳐놓고 물을 마시던 놈을 정리할 때였다. 깃을 뽑기 위해 몸통을 눌러서인지 연달아 꾸룩거리는 소리가 났다. 우철은 몸통 안의 공기가 빠져나오는 소리일 거라 짐작했지만 알 수 없었다. 항문께를 자르고 그 구멍으로 내장을 꺼내기 위해 바른손을 조심스레 집어넣었다. 물컥 한 내장과 온기가 손을 감쌌다. 닭 속의 내장들이 우르르 달려들어 손을 휘감는 것 같았다.

기분이 나빠지기 시작했다. 잠시 멍했다. 그러나 우철은 평소 같지 않게 예민해진 자신을 나무라며, 내장을 한가득 움켜쥐고 아래로 거칠게 잡아당겼다.

그런데 닭발이 꼬무락꼬무락 움직이기 시작했다. 이미 숨통은 끊어진 놈인데 양다리 열 개의 발가락은 어째서 움직인단 말인가. 그는 내장을 움켜쥔 손에 다시 힘을 주었다. 발가락이 번갈아 꼼지락거렸다. 우철은 움켜쥔 내장에 근섬유가 엉켜있음을 새삼 확인하며 숨을 뿜어낸다.

뒷덜미 쪽의 어둠 속에서는 짖는 것도, 신음소리도 아닌 요사스런 장단고저로 곡성을 내는 진돌이의 기묘한 원성怨聲이 계속되고 있었다. 형형스럽던 진돌이의 눈에 푸른빛의 안개가 서려 있었다.

그날 밤 우철은 평소보다 더 지친 자신을 볼 수 있었다. 며칠 전에 사 놓은 막걸리를 양은 상 위에 올렸다. 안주라곤 김치와 생가지, 풋고추가 전부였다. 계란이라도 하나 부칠까 생각했지만 귀찮아 그만두었다.

막걸리 세 병을 비웠다. 왜 그런지 계속 기운이 없었다.

평소 주량보다 한 병을 더 들이겼음에도 취하지 않았다.

우철은 '생힘'이 솟구치던 십칠 년 전 용문산의 밤하늘을 떠올리려 애를 써 보았다. 목이 꺾어져 피꽃을 피우던 놈이 그려졌다. 누워 버둥거리던 목 없는 닭도 떠올랐다. 칼날을 통해 느낄 수 있었던 시멘트 바닥의 감촉도 오른손에서 스멀스멀 살아났다. 무엇보다 목이 잘린 채 완전히 방전할 때까지의 그 '마지막 과정'이 우철의 머리와 가슴에서 꿈틀거렸다. 가슴 속에 담배연기가 뿌옇게 뭉쳐져 있는 것 같았다. 답답했다. 냉장고에서 막걸리 한 병을 더 꺼냈다. 생가지를 한 입 베어 우물거리며 한 사발을 다시 들이켰다.

"허, 원 애들도 아니고, 왜 이렇게 기분이 더럽냐…"

우철의 얼굴에 비로소 홍조가 어리기 시작했다.

"어, 이제사 취하나 보네, 슬슬 올라오는군…"

취기를 느끼며 일어난 우철은 현관으로 나갔다. 손전등을 찾아들고 장화를 신었다. 닭장으로 향했다.

한밤중에 비틀거리며 닭장으로 향하는 이유를 자신도 알 수 없었다.

닭장을 에워싼 철망 울타리 안으로 들어갔다.

대나무 홰에 웅크리고 앉았던 녀석들이 푸드득 거리며 우철의 주위로 몰려들었다. 깜농이가 제일 먼저 튀어나왔다.

"야, 깜농아 인마, 오늘 니들 대장하고 덩치 한 놈하고 두 놈

말이야… 그 왜 있잖냐, 물통에 발 올리는 놈. 음, 기억나냐? 근데 걔들 지금 홀딱 벗고 냉동고에 누워 있거든?"

손전등의 동그란 빛 안에서 깜농이가 눈을 껌벅거렸다. 암컷 한 마리와 수컷 한 마리가 슬금슬금 다가와 눈치를 보며 그의 장화를 쪼았다.

"저리가, 이 등신들아. 오늘은 두 마리지만 말이야, 다음엔 몇 마리가 될지 몰라. 알겠냐. 니들은 반려 닭이 아니라 식용 닭들이여… 친한 척하지 말라고― 에혀, 그래 니들이 알아들음 닭대가리가 아니지, 흐흐…"

우철은 킬킬거리며 닭들에게 그들의 신분과 정체성에 관한 진실을 횡설수설 떠벌이며 일어섰다. 따라 나오려는 깜농이를 발로 밀어내고 울타리의 문을 걸었다. 취중에도 조금 빡빡한 느낌이 들었다. 집 켠에서 발작하듯 짖어대는 진돌이의 울부짖음이 밤하늘을 찢고 있었다.

다섯 시의 알람을 무시했다.

따갑게 내리쬐는 햇살에 우철은 얼굴을 찌푸리며 시계를 보았다. 시침이 여덟 시를 가리키고 있었다. '어휴, 오늘은 늦었네….' 막걸리 트림이 콧속을 후볐다. 그는 냉장고에서 생수 한 병을 꺼내 마신 후 밖으로 나갔다. 칠월의 햇살은 이미 열기를 머금고 있었다.

'오늘은 또 얼마나 찔라나.' 밀짚모자를 눌러 쓰며 중얼거리는 우철을 향해 진돌이가 뛰어 올라오고 있었다. 목줄이 풀어져 있었다. '내가 언제 풀어줬지?' 우철이마냥 펄쩍이며 좋아라 덤벼드는 진돌이를 진정시킨다. 얼마나 날뛰었는지 목줄의 쇠고리가 휘어져 느슨히 풀려 있었다.

"알았어, 알았어. 그래, 그만해 — 어…"

진돌이는 이날 따라 유별하게 온몸을 비벼대며 덤벼들었다. 헉헉거리며 튀어 오르고 혓바닥으로 우철의 얼굴을 마구 핥았다. 놈을 진정시키며 목줄을 다시 걸던 우철의 안색이 변했다.

"야, 진돌아. 이거, 이거… 뭐냐?"

진돌이의 주둥이에 솜털이 묻어 있었다. 앞다리와 목 주위에 검붉은 선혈이 말라붙어 있었다. 가슴패기에도, 꼬리에도 있었다. 우철은 오싹함을 느낀다.

닭장 쪽으로 뛰어 내려갔다.

'이런, 이런, 이런…'

울타리의 안과 밖, 여기저기에 갈가리 찢겨지고 목이 부러져 널브러진 닭들이 흩어져 있었다. 닭장 안에는 두 다리가 잘린 깜농이가 사료통에 머리를 처박은 채 죽어있고.

　서서히 달아오르기 시작한 햇살 속으로 바람 한 점이 지나갔다. 울타리 문짝이 삐걱거리며 흔들렸다.

초록야차의 환시幻視

1.

    서울에서의 직장생활을 접고 귀농한 지 2년째다. 마흔이 넘는 나이까지, 철원에서의 군 생활을 제외하고 일주일 이상 서울을 벗어난 적이 없었던 나는 3년 전 가을 생면부지의 경상남도 산청군으로 귀농했다. 한 달의 이십일 가량을 궁천면의 통나무 황토집에서 생활하고 열흘 정도는 서울에서 생활한다.

    직장에서 사람들에 치일 때, 이런저런 실망을 할 때마다 '다 때려치우고 농사나 지어야겠다, 이 꼴 저 꼴 안 보고 일한 만큼 벌어 먹고살 테니 얼마나 속 편하겠는가'며 호언 하던 것을 실행에 옮겼다.

물론 그즈음 심심찮게 티비, 신문에서 조기 명퇴자나 중년들의 귀농 관련 프로그램들이 방송을 탔고, 나 역시 '제2의 인생', '귀농 성공기' 운운하는 화면에 덩달아 용기를 낸 것도 사실이다.

하지만 산청군으로 전입을 했음에도, 한 달에 열흘 정도는 서울에 왕래하는 생활은 엄밀하게 말해 현지에서의 농산물 생산을 바탕으로 하는 귀농이 아니라, 연금으로 전원생활을 즐기는 귀촌생활에 가까웠다. 사실 퇴직금을 곶감 빼먹듯 하니 이미 통장은 마이너스를 찍은 지 오래고 직장을 그만두었던 아내는 다시 일을 해야만 했다.

하지만, 귀촌이든 귀농이든 황토집에 있는 동안은 들일을 해야 하고 땀과 한숨을 흘려야 한다. 만사가 그렇지만 머릿속에서 맴돌던 것들이 현실에서 바로 구현되는 법은 없다. 농사 역시 마찬가지다.

나는 기초적인 낫질, 괭이질에 헐떡거리며 체력의 한계를 느끼는 경우가 왕왕 생겼다. 농사의 '농'자 근처에도 가지 못할 단순한 일들이 생각보다 고되고 지루했다. 물집 하나 없던 고운 손으로 낫과 호미를 다루는 것이 글자를 처음 배우는 어린애마냥 삐뚤거렸다. 그러기를 1년하고 몇 개월이 지나서야 일하는 시간이 쉬는 시간보다 길어졌다. 여자처럼 희고 갸름했던 손은 마디

마디 굳은살과 못이 박인 곰 발바닥이 되었다. 더불어 손등과 손목에 긁히고 베인 자국은 실제 이상으로 과격한 인상을 남기게 되었다.

모친이 외조부에게 물려받은 오천여 평의 산비탈에 육백 주의 감나무 묘목을 심었다. 궁천면의 특산품은 곶감이다. 당초 남들 하는 만큼만 농사를 지어도 밥은 굶지 않는다는 믿음으로 개간한 밭은 아직 허허롭고 휑했다.

금년 봄에 식재한 1, 2년 차 묘목들은 기껏해야 중지 굵기의 줄기에 나무젓가락만 한 가지, 매가리 없는 잎이 몇 장 달린 꼴이니 저게 언제 자라서 감을 맺나 하는 탄식을 부른다.

원지에서 고속도로를 빠져나온 나는 지리산 입구 표지판을 따라 도로를 질주했다. 한계속도 60은 카메라 앞에서만 유효할 뿐이다. 도로변에는 배롱나무가 줄지어 심어져 있고 진분홍색 꽃 뭉치들이 줄기마다 화사하게 빛나고 있었다. 아스팔트로 매끄럽게 정리된 도로 위에는 군데군데 포트홀을 메운 흔적과, 차에 치여 핏덩이로 널브러진 들짐승의 말라붙은 사체가 심심찮게 눈에 띄었다. 하지만 십수 넌 전만 해도 기장 가까운 도시에서조차 시외버스를 타고 두어 시간을 잡아먹던 100리 산길이 이제는 느긋하게 운전해도 사십 분이 채 안 걸리니, 그깟 포트홀이 몇 개든, 길바닥에 들러붙은 오소리와 고양이의 사체가 얼마나 뒹굴든 그저 감사해야 할 것이다.

어머니가 외조부의 유산으로 받은 땅을 찾는 데에 근 1년이 걸렸다. 현지의 외삼촌이 마음대로 전용하던 모친의 임야를 다시 찾기 위한 행정적인, 인간적인 합의에 걸린 시간이다. 삼십여 년 전 멋진 차를 몰고 말수가 적은 대머리 삼촌의 모습밖에 모르던 나는 산자락의 땅을 두고 다툼을 하는 그들을 이해할 수 없었다.

어떻든 어머니는 1년여 외삼촌과 갈등을 빚다가 기어이 당신의 땅을 찾았고 그곳에 멋진 집을 지었다.

차가 궁천면에 들어서자 맞은편 산중턱으로 황토 반 시멘트 반으로 지은 2층의 통나무 황토집(동네 사람들은 외관이 둥그스름하고 투박하게 생겨 버섯집이라고 불렀다)이 손톱만 한 크기로 보이기 시작했다. 집은 지리산 천왕봉에서 흘러나온 줄기들 중 하나인 구곡산 사부 능선 즈음에 위치해 있다. 가는 날이 장날이라더니 궁천면 저잣거리에는 마침 오일장이 펼쳐져 있었다.

나는 이가 빠진 낫이 생각나 만물상에 들러볼까 하다 도로변에 빽빽하게 주차한 차들을 보고 마음을 접었다.

왁자한 저잣거리를 지나 비포장 산길로 들어섰다. 오르막 산길 가로 드문드문 자리한 농가農家에 묶여있던 백구, 황구들이 짖어대며 아는 체를 했다.

길목의 산딸기나무와 토목공사로 사지가 찢긴 소나무, 독기 어린 가시를 휘저어 대는 아카시아가 트럭 뒤에서 흙먼지를 뒤집어썼다. 산길 가운데까지 뻗질러진 나뭇가지들에 긁히며 5분여를 헐떡거린 픽업트럭은, 초코칩쿠키처럼 검은 기와 쪼가리를 지붕에 박아 장식한 황토집 앞에 이르러서야 거친 숨을 삭였다.

서울 집에서 아이들과 일주일을 보내고 도착한 황토집 주변은 참으로 낯설게 변해 있었다.

서울에서의 생활은, 칭얼거리는 세 살짜리 막내를 깨워 밥을 먹이고 중학교 다니는 큰 놈과 출근하는 아내를 배웅하며 하루를 시작한다. 그리고 설거지와 집 안 청소 등 잠깐의 노력을 하고 아내가 귀가하면 지인들을 만나 술집을 전전한다. 그들에게 온갖 폼을 다 잡으며 초보 농부의 애환을 게워내고 비틀거리며 하루를 마무리한다. 이것이 대동소이한 서울의 일상인 데 반해

구곡산 자락의 낮과 밤은 참으로 변화무쌍했다.

일주일 전 한 뼘 길이만큼 고개를 내밀던 화단의 바래기는 훌쩍 무릎 위를 넘어 자라 있었고, 상경하기 직전 풀을 뽑았던 자갈마당에는 여기저기 쑥과 왕씀바귀, 백합, 들깨, 금잔화 등이 제멋대로 줄기를 세우고 있다. 여닫이 대문 위 처마에는 말벌들이 야구공만 한 집을 짓고 있었다. 불과 일주일 만에 말이다.

나는 이런 '성장'을 접할 때마다 감탄사를 내뱉는다. 오로지 하늘과 바람에만 의지하여 살아가는 생물들 아닌가. 유난히 뜨거운 여름의 말미에도 그들의 삶은 주럽 없이 맹렬하다. 이처럼 치열하게 적응하며 살아가는 왕성한 생존력에 어찌 머리를 숙이지 않을 수 있을까.

서울 본가에서 챙겨 온 밑반찬과 과일 등을 냉장고에 챙겨 넣고 마루와 이층 방에 청소기를 돌린 후 작업복으로 갈아입었다.

눈부시게 타오르던 햇살이 조금은 숨을 돌리는 오후 네 시께다.

서울에서 다섯 시간이 걸렸다. 그냥 오늘은 하향한 걸로 '퉁' 치고 쉬고자 했던 나는 집 주변과 감나무밭의 무성한 야초들을 둘러본 후 여유를 부릴 때가 아님을 느꼈다. 창고에서 두어 달

전에 넣어둔 예초기를 꺼냈다. 오일과 휘발유를 확인하고 시동을 걸었다. 평소보다 시동 그립을 서너 번 더 당기기는 했지만 작동에는 이상이 없어 보였다. 평소 사용 후 관리를 전혀 하지 않았음에도 아직까지는 말을 잘 들었다. 1분여 엔진에 온기를 입힌 후 가속 레버를 천천히 당겼다.

칼날이 고속으로 돌아갔다. 휘두르는 동선에 있던 왕달맞이 꽃이며 억새가 턱턱 잘려지고 부러져 날아갔다. 한동안의 시간이 흐르며 서울생활에 적응했던 몸이 서서히 산청의 햇살과 대기에 익숙해졌다. 머리와 얼굴에서 땀이 흐르고 목에 두른 수건은 젖어갔다. 강약으로 트로틀 레버를 조절하며 운전이 손에 익는다고 느낄 즈음 '떵'하며 묵직한 충격을 받았다. 예초기의 날이 야초 사이에 박혀 있는 돌을 때렸던 것이다.

정리된 공원묘지 같은 땅이 아니다. 본래 흙 반 돌 반인 척박하고 거친 땅이다. 초목이 시드는 겨울이면 땅 위의 돌도 보이고 흙도 보이지만 여름에는 수풀 사이로 모두 숨어 버린다. 들일로 한 해를 보내고 예초기가 어느 정도 손에 익은 느낌인데도 여전히 바닥의 돌을 때렸다. 동네 이장은 굳이 바짝 깎을 필요가 없다고 요령을 가르쳐 주었지만, 난 여전히 내 식대로 일을 했다.

세 시간에 걸쳐 커터를 두 번 바꾸고 오백 평 정도에 풀을 벴다. 확실히 낫질보다는 효과적인 작업이고 효율적이었다. 그렇지만 예초기를 돌릴 때면 언제나 미안한 마음이 들었다. 아직도 머릿속에 도회적인 자잘한 감상이 남아 있어선지, 낫질에 비해 예초기 작업은 조금 잔인하다는 생각이 들었던 거다. 명아주도, 왕달맞이꽃도, 억새도 다 살겠다고 그리 생장하는 것들이 아니던가. 이들을 너무도 쉽게 베어 버리는 것 같아 어차피 같은 결과임에도 낫질에 비해 착잡하고 무거운 마음이 된다. 공자가 얘기했던가? 낚시는 하되 그물질은 하지 말라고. 합당한 비유가 아닐지라도 그냥 그런 느낌이 들었다.

예초기를 정리하고 마당에서 지하수로 샤워를 했다.

맞은 켠 산등성이로 서서히 노을이 물들고 있었다.

2.

황토집으로 내려오고 일주여가 지났다.

며칠 전부터 비가 내리기 시작했다. 주방의 싱크대와 화장실 모두 물이 나오지 않았다. 비가 올 때면 거의 그랬지만, 구곡산 6부 능선 부근에 있는 취수원이 낙엽이나 자갈 등으로 막히는 경우가 종종 있었다. 그럴 때면 산물을 생활용수로 쓰는 산자락의 십여 가구들은 모두 단수가 되곤 했다.

나는 마당의 지하수를 끌어 올려 화장실 욕조에 채워 놓았다. 이삼일 정도 쓸 수 있는 양이다.

서울에서 아버지의 간병을 하고 있는 모친에게 전화가 온 것은 비 핑계로 일을 접고 비스듬히 늘어져 티비에 눈을 박고 있을 때였다. 말복에 쓸 요량이니 가시오가피나무를 조금 준비하고, 오가피 군락 주위의 제초작업을 하라는 작업지시다. 귀찮다고 미루다 조급히 일하느니 여유 있게 하자는 판단으로 낫과 호미를 챙겼다.

가시오가피 군락은 나무 사이가 촘촘하여 예초기로 풀을 벨 수가 없었다. 물론 우중에 예초기는 더욱 아니다.

가관이었다. 십여 평의 군락은 억새와 거제수나무, 명자나무, 환삼덩굴들로 점령되어 정작 가시오가피들이 숨 쉴 수 있는 공간은 부족해 보였다. 휴대폰과 담배를 넣은 비닐봉지를 인근 바위 밑에 놓아두고 낫질을 시작했다.

빗살이 안개비에서 가랑비 정도로 바뀌었다. 우습게 생각했던 빗줄기는 어느덧 작업복을 모두 적셨고, 낫질은 생각보다 힘들었다. 가시오가피의 곁뿌리 틈새로 솟아오른 억새들을 줄기

사이사이마다 손을 넣어 개별로 베는데 의외로 시간이 걸렸다. 노란 고무바닥의 목장갑이 흙물이 들어 짙은 고동색으로 변했지만 고작 두 평 정도밖에 정리를 하지 못했다.

그때였다. 거친 숨을 몰아쉬며 왼손을 뻗은 순간, 약지부터 엄지까지 네 손가락에 바늘로 찔리는 듯한 작열감이 쇄도했다. 이어서 관자놀이께도 따끔했다.

쐐기를 건드렸나 싶었다. 목장갑의 고무바닥을 뚫는 쐐기가 다 있구나 하며 손을 터는데 몇 마리 벌레들이 시야에 잡혔다. 까맣고 노란 대여섯 마리 날것들이 땅에서 솟구쳐 오르고 있었다. 앞뒤 생각할 겨를이 없었다. 나는 기겁을 하며 낫을 팽개치고 오가피 숲을 벗어나 뛰기 시작했다. 쐐기였으면 차라리 좋았을 터였다.

땅벌이었다.

황토집 현관에 이르렀다.

가랑비 때문인지 벌들은 끝까지 쫓아오지 않았다.

거친 호흡을 정리하며 담배를 찾았다. 이런… 휴대폰과 담배를 비닐봉지에 싸서 바위 밑에 놔둔 것이 생각났다. 나는 육두문자를 내뱉으며 젖은 옷을 벗기 시작했다. 상의를 탈의하고 혁대를 풀었다.

그리고 쓰러졌다.

거짓말처럼 두 다리가 제 스스로 힘을 빼버리면서 허리가 무너졌다. 대문의 빗장에 이마를 부딪치고 쓰러졌다. 머릿속을 성긴 대나무 장대로 휘젓는 것 같았다. 호흡이 곤란해지고 들숨 날숨이 막히기 시작했다. '패닉'이란 게 바로 이런 상태구나 하는 생각이 들었다. 허리 아래로 힘이 들어가지 않았다. 불안감이 왈칵 전신을 휩쌌다.

현관 바닥의 진흙과 먼지들로 범벅이 된 채, 꿈틀거리며 거실까지 기어갔다. 서너 걸음이면 족한 거리가 이렇게 멀었나, 나는 실소를 삼켰다. 그리고 간신히 탁자 위의 전화기를 잡을 수 있었다.

나오지 않는 목소리를 짜내 119에 신고를 했다. 십여 분 후 퍼질러 앉아 헛구역질을 하고 있던 나를 구급대원들이 일으켜 세웠다.

앰뷸런스에 실려 저잣거리의 궁천의원에 도착해 링거를 맞았다. 체내에 주입된 벌 독을 중화시키기 위해서라고 했다.

팔뚝에 바늘을 꽂고 얼마 지나지 않아 온몸이 가렵기 시작했다. 가슴이며 팔이며 배, 엉덩이, 얼굴 할 것 없이 발작할 만큼

자글거리며 가려웠다. 오돌토돌 일어나고 있는 손바닥의 속살이 비쳐 보였다. 나는 얼굴에 손을 안 대려 이를 악물고 참았다. 관자놀이께의 살이 부어오르며 눈매가 이지러졌다. 팔과 배 위로, 가슴으로 몽글몽글 피부가 뭉쳐지는 것이 보였다. 나는 사람 모양의 커다란 곰보빵이 되어 갔다.

한 시간 간격으로 혈압을 재던 간호사는 원래 혈압이 낮지 않았냐며 때마다 내 동의를 구했다. 하지만 나는 평소에 준고혈압이었고, 간호사의 기대에 응하지 못했다. 혈압이 50/70으로 쇼크 상태에 들고 나는 다시 앰뷸런스에 실려 인근 도시로 향했다. 앰뷸런스에 누워 서울로 전화를 했다.

진주고속터미널 옆의 종합병원에서 네 시간 동안 두 개의 링거주사를 더 맞았다. 마지막 링거의 수액이 거의 바닥을 보일 즈음 혈압은 70/110으로 회복되었다. 궁천면으로 들어가는 시외버스는 이미 끊긴 지 오래됐다. 나는 아내의 부축을 받으며 근처의 모텔을 찾았다. 빈 입원실이 없다는 이유가 가장 크긴 했지만, 서울에서 황급히 내려온 아내를 배려해서였다.

다음날, 터미널 인근 식당에서 아침을 먹고 아내와 함께 산청행 버스에 올랐다. 눈이 부셨다. 나흘 만에 보는 햇살이라 그런지 아니면 쇼크 상태에서 살아난 기쁨 때문인지, 내 망막은 창을 통해 들어오는 옅은 빛조차 감당하지 못했다. 아내는 결근 통보와 업무 대체에 관한 통화를 하느라 분주했다.

궁천면에 도착한 우리는 택시를 타고 집으로 올라갔다.

택시 안에서 감고 있던 눈을 뜨니 황토집이 백색의 빛무리 속에 잠겨 있었다.

아내는 황토집에서 하루를 더 머물며 내 식사와 부엌일을 덜어주었다. 김치뿐이던 냉장고가 몇 가지 밑반찬으로 채워졌다. 분주하게 움직이는 아내의 뒷모습이 안개에 휩싸인 듯 흐릿하게 보였다.

눈이 이상해졌다.

아내를 배웅하고 올라오는 길이었다. 산길의 잡목들이 모두 녹색 파스텔로 뭉개놓은 듯 불분명하게 눈에 들어왔다. 흙길과 저잣거리의 아스팔트, 대로변 건물들은 본연의 색과 형태로 보였다. 그런데 사람과 나무와 풀은 무언가로 덮어씌운 듯 흐릿한 형체와 색깔로 망막에 맺혔다.

검붉게 익을 대로 익은 과육을 품고 있던 산딸기나무는 탁하고 진한 초록색 아지랑이를 피웠다. 줄기가 절반 정도 찢긴 상태로 생존 자체가 경이로운 소나무는 누렇게 변해가는 탁한 녹색 연무를 올렸고, 차를 보며 짖어대는 황구와 백구의 머리 위에는 선명한 붉은색의 아지랑이가 아른거렸다.

사물의 형상은 분명하게 보였다. 하지만 그 주변의 배경이 흐릿했고, 안개가 끼듯, 아지랑이가 피듯 특정 색으로 덧칠이 되었다.

처음에는 그냥 눈이 피곤해 그런 줄 알았다. 하지만 이틀이 지나고 사흘째가 되니 확실히 문제가 생긴 것임을 알게 되었다. 그렇다고 생활에 크게 지장을 주는 것은 아니어서 옷을 입고 밥을 지어 먹는 일상생활은 물론 텃밭의 소소한 김매기도 할 수 있었다.

물론 줄지어 가는 개미들 대가리 위의 검붉은 연무를 보거나 홍고추가 되어가는 고춧대의 회녹빛 안개를 감상하는 게 결코 익숙하진 않았다.

탁한 빛을 발하는 고춧대의 곳곳에 달라붙어 잎과 줄기를 가리지 않고 갉아먹는 가시노린재들의 주홍빛 아지랑이는 참으로 기이한 풍경이었다. 또한 고랑에 뿌리를 내리고 이골저골 줄기를 뻗는 달개비의 연둣빛 안개는 보라색 꽃과 어울려 독특한 색

감을 주기도 했다.

텃밭에 나가 일을 할 때면 처처에서 발산하는 형형색색의 안개에 취해 마치 만화경 속에 있는 듯한 비현실적인 기분이 들었다.

중고등학교 시절 '양아치'들이 부탄가스를 흡입한 후 지껄이던 환각 상태가 떠오르기도 했지만, 나는 내 시각의 이상을 그리 심각하게 생각하지 않았다.

단지 땅벌에 쏘인 여파로 시신경에 잠깐 동안 이상이 생긴 거라 여겼다.

나는 오히려 만화경을 즐겼다.

퇴원 후 사흘째 되는 날 저녁 무렵, 득得되는 곳만 찾는다는 이장이 뜬금없이 찾아왔다. 오후에 궁천의원에서 물리치료를 받다가 간호사에게 내 얘기를 들었다고 했다.

얼마 만에 이장을 보는지 기억도 나지 않았지만, 십 분여 거리를 일부러 막걸리 몇 통을 사 들고 와준 그가 고마웠다.

김치와 콩장 등 반찬들을 놓고 막걸리 사발을 비웠다.

'그만하길 다행이다. 땅벌은 끝까지 따라오는 데 재수 좋았다. 촌사람들도 매한가지다. 조심할 수밖에 없다…' 위로와 덕담을 잇는 이장에게 나는 그저 '예 형님, 예, 예' 하며 잔을 비우는 수밖에 없었다.

전등 아래로 회색 먼지들이 부유했다.

이장의 등 뒤에서, 머리 위로 거무튀튀한 진한 잿빛의 아지랑이가 피어올라 있었다. 노란 기가 도는 듯했지만, 전체적으로 탁한 잿빛이 이장의 상반신과 머리 위에서 어른거리고 있었다. 그가 뱉어내는 담배연기가 유난히 하얗게 피어오른다. 허연 막사발에 부은 막걸리에서도 잿빛 탄산이 올라오고 있었다.

술자리가 피곤해지기 시작했다.

두 시간여를 그와 보내는 사이 창밖으로 어둠이 깔렸다. 이장은 술자리를 파하며 근일 내 땅벌집, 말벌집하고 자연석청만 전문적으로 채취하는 양봉업자를 데려오겠다고 했다. 벌 둥지를 없애야 일하기 수월하다며 인심을 썼다.

비용을 문의하자 이웃끼리 그 정도는 그냥 해줘야지 하며 호방하게 웃는다.

그의 머리 위에서 언뜻언뜻 누런빛이 명멸했다. 자연석청 뿐만 아니라 말벌집, 땅벌집 역시 괜찮은 가격으로 거래된다는 것을 그때는 알지 못했다.

들어가시라며 인사를 하고, 이장의 뒷모습이 쏟아지는 별들의 빛줄기 속으로 완전히 사라진 후 나는 크게 기지개를 켰다.

산바람이 마당을 휘돌아 쳤다.

뜨거웠던 여름의 낮은 어디론가 사라지고 청명한 암청색 밤하늘이 뭉텅이로 떨어져 산야를 휩쓸고 있었다.

새벽녘에 악몽을 꾸고 눈을 떴다. 시계를 보니 알람 일 분 전이다. 열흘 사이 몸은 지리산자락의 일상에 완전히 적응했다.

창문을 열었다. 건너 이방산의 허리에 운무가 잔뜩 어려 있었다. 한낮의 타오르던 열기와 햇살이 그대로 땅 위에 얹혀 새벽녘의 장관을 연출했다. 하루 중에 시력이 가장 온전할 때는 새벽녘뿐이다. 커피를 한 잔 마시고 작업복으로 갈아입었다.

두어 시간 축대의 돌 틈에 자란 쑥과 도깨비풀(가막사리), 바래기를 베어내다 보니 새벽 어스름이 양지로 변해갔다. 그리고 베어낸 풀들 위로 안개가 어리기 시작했다. 베어낸 지 얼마 되지 않아 모두 푸른색을 띠고 있다.

이후 누런색으로 기화하다 뿌연 배경이 되기까지의 시간은 길어야 두 시간일 터다.

전날 마신 막걸리 때문인지 유난히 배가 고팠다. 아침을 먹고 서울의 아내와 통화를 했다. 시력이 이상해진 것 같다고, 대충 증상을 이야기하니 어서 올라와 큰 병원에 가보잔다. 작업하던 감나무밭 제초작업과 황토집 주변의 잡무를 마무리하고 이삼일 후 상경하겠다며 전화를 끊었다.

여덟 시가 되었다. 중천에 해가 걸리기 전까지 일을 해야 한다. 늦여름이라지만, 오전 열한 시부터 오후 네 시까지는 여전히 들일을 하기 힘들었다.

예초기를 메고 감나무밭으로 향했다. 이틀 안으로 절반 정도 남은 나머지 풀베기를 마무리할 생각이었다.

부릉거리며 예초기의 심장이 뛰기 시작했다.

등에 붙어 진동하는 엔진에 내 심장도 함께 뛰었다.

눈부신 안개 속에서 뿜어 올리는 형형색색 야초들의 시퍼런 아지랑이 숲으로 커터를 들여 넣고 천천히 휘젓기 시작했다. 섬 뜩하면서도 시원한 커터의 회전음과 함께 허리춤, 뿌리 즈음이 썸뻑 하게 잘린 야초들이 단말마를 지르며 쓰러졌다. 그들의 피와 몸 가루가 온 사방으로 튀었다.

초록빛 불꽃놀이다. 연둣빛, 남빛, 옥빛, 쪽빛의 모래들이 육방으로 비산했다. 새벽의 습한 대기에 시퍼런 안개가 폭발하고 있었다. 마치 핏물을 빼지 않은 고기를 그라인더로 곱게 갈아 호스로 뿌려대는 것 같다. 형언할 수 없는 쾌감이 밀려왔다. 동시에 땅을 파고 머리를 처박고 싶은 아픔과 죄스러움이 가슴을 메어 왔다.

한 시간 반. 휘발유가 소진되고 시동이 꺼졌다.

온몸뚱이가 왕달맞이꽃, 명아주, 벌개미취, 쑥, 바래기, 억새의 육편肉片으로 범벅이 되어있었다. 역하고 진한 초향草香은 어느새 쪽빛 핏내로 내 시각과 후각을 점령했다. 보안경을 벗었다. 희뿌옇게 빛나던 사위는 초록색 안개로 가득했고 희뿜한 햇살 자리만 군데군데 남아 있었다.

이후, 나는 청무靑霧에 갇혀 방위를 잃을 때까지 두 시간 더 예초기를 돌렸다. 얼룩무늬 작업복이 검푸른색으로 젖었고 소금꽃이 피기 시작했다.

하루 반나절 동안 나는 초록색 야차가 되었다.

3.

이장이 양봉업자 이 씨와 함께 방문한 것은 감나무밭 제초작업을 마친 오후였다. 나는 점심을 먹고 음식물쓰레기, 재활용품 정리 등 다음날 상경을 위해 집 안을 정리하고 있었다.

회색빛 구름을 지고 온 싱거운 이장과는 달리 작달막하지만 까무잡잡한 피부의 양봉업자는 머리에 붉은 아지랑이를 얹고 있었다. 선량한 인상의 그는 이장과 두 집 건너 사는 같은 동네 사람이었다. 그와 간단하게 안부 인사를 나눈 후 가시오가피 군락으로 내려갔다. 현장에 도착한 이 씨는 벌이 솟아오른 장소를 별다른 보호구 없이 삽질을 하기 시작했다.

멀찍이 떨어져 그들 머리 위에 아른거리는 아지랑이를 품평하던 나는 사람마다 '색깔'이 이렇게 다르구나 하는 당연한 사실을 새삼 확인했다.

이장의 머리 위로 어리는 색깔은 어두운 시멘트색 안개가 거의 대부분이고 가끔 누런색이 띄엄띄엄 나타나는 반면 신중히 삽질을 하는 이 씨가 피우는 연무는 옅은 흙색과 붉은색이 주였다.

한동안 삽으로 이곳저곳을 헤집던 양봉업자는 벌들이 없다며 나를 돌아보았다. 놈들이 이사하기 전에 잡았다면 좋았을 거라 안타까워하는 나에게 그는 자기 명함을 한 장 건네주었다. 다시 벌을 보게 되면 언제든 전화하라고, 말벌도 마찬가지니 부담 없이 전화를 달라고 했다. 명함을 받고 나니 불현듯 처마 밑의 말벌집이 생각났다. 이 씨는 가보자며 앞장서 걸었다.

무슨 영문인지 처마 밑 말벌집도 빈집이 되어 있었다. 이 주일 전 황토집에 도착했을 때 보았던 크기에서 더 커지지도 않았고 벌들도 보이지 않았다.

'여기도 없네요, 이것들이 단체로 이주했나.' 어색하게 웃는 내게 이 씨는 괜찮다고 잘됐다며 응수해주었다. 그의 아지랑이가 더욱 붉어졌다.

옆에서 벌이 다시 나오면 연락하라고, 이 씨에게 직접 전화하기 뭐하면 자기에게 얘기하라고 너스레를 떠는 이장의 머리 위에서 누런 안개가 연신 피어나고 있었다.

그들이 돌아간 후 담배를 사러 저잣거리에 내려갔다.

당초 어머니와의 갈등으로 외삼촌이 길을 막아 놓았던 바윗덩어리 두 개가 길섶으로 밀려나 검은색으로 빛나고 있었다.

산길 옆 계단밭에서 김을 매다 '어데 가능교' 소리쳐 인사를 하는 아랫집 종원이의 손짓에 하늘색 구름이 부서졌다. 담배와 예초기의 커터를 구하러 들락거리던 만물상 여사장의 잿빛 미소에 황토색 아지랑이가 걸려있었다.

여름의 끝자락에 궁천면 계곡으로 피서를 온 외지인들의 밝은 주황색 빛무리가 저잣거리 주민들의 개나리색 연무와 어우러져 춤을 추고 있었다. 여기저기서 뭉쳐지는 빛의 스펙트럼이 궁천면의 늦여름 오후를 하얗게 채우고 있었다.

호랑이가 나왔다던 깜깜한 오지의 산촌마을이 황금빛 가득찬 대처가 되어 광휘를 뿌리고 있었다. 눈이 부셨다.

저녁을 먹은 후 담배를 물고 2층 베란다로 나갔다.

산 그림자로 어둑했던 사위가 시나브로 심연에 가라앉고 있었다.

하얗게 피어오르는 담배연기 사이로 저잣거리가 눈에 들어왔다. 300미터 남짓한 대로에 가로등이 촘촘히 등을 밝히고 있고, 구름 낀 짙은 밤하늘 아래에는 노래방의 네온이 번쩍이고 있었다.

어인 일일까.

무지개 노래방, 석류 모텔, 행복 다방.

황토집과 장터와의 거리가 대략 1킬로미터 정도인데 옆에서 보듯 글자를 읽을 수 있었다. 구름이 흐르는 짧은 틈으로 별비가 떨어져 궁천면의 거리를 두드리고 있었다. 누렁안개가 꿈틀거리며 대로에서 넘실거리고 있었다. 솜사탕처럼 달콤하게 끈적거리는 유흥업소의 네온 빛이 선명하게 눈 안으로 들어왔다.

한가하게 야경을 감상하는 사이 한두 마리 개 짖는 소리가 들렸다. 그리고 얼마 지나지 않아 온 동네 개들이 요란하게 짖어댔다.

텃밭 밑에서 희미하게 풀을 헤치는 소리도 들려왔다. 소리 나는 쪽으로 시력을 돋구었다. 가시오가피 군락에 크기와 밝기가 다른 붉은 초롱불 여섯 개가 버석거리고 있었다. 멧돼지다. 어미와 새끼 두 마리가 땅을 파고 있었다. 작년에 놈들이 헤집어 놓은 고구마밭이 떠올랐다. 총이라도 있었으면 바로 쏴 잡을 텐데… 아쉬웠다.

샤워를 하러 욕실로 내려갔다. 언제나처럼 머리를 감고 몸을 닦았다.

마지막에 면도를 했다.

삼중날이 거품에 길을 내며 터럭들을 깎았다.

최대한 바짝 깎았다. 입귀를 조금 베어 빨간 실선이 생겼다. '쯔쯔.' 나는 혀를 차며 상처를 살폈다.

거울에 서리가 꼈다. 물 한 바가지를 끼얹었다.

거울 안에 누렇고 퍼런 멍 자국으로 얼룩져 보이는 중년 남자

한 명이 이쪽을 바라보고 있었다.

거울에 다시 서리가 어렸다.

손으로 거울을 닦음에도 서리가 지워지지 않았다.

마주 보고 있는 '나'에게서 잿빛 연무가 쉼 없이 뿜어져 나오고 있었다.

서울에 올라가면 필히 안과에 가야겠다.

범잡이

"박 병장님. 기상하십쇼. 탄약고 근무 나갈 시간입니다."

박 일병의 목소리다. 취침 전에 먹었던 '뽀그리' 때문인지 속이 더부룩했다.

"알았어— 넌 준비 다 했냐?"

일어나 바지에 다리를 꿰었다. 박 일병이 챙겨주는 엑스반도와 화이바를 착용하니 불침번인 김 이병이 K—2를 건네줬다. 물을 한 컵 마시고 행정실로 향했다. 상황병도 일직 하사도 모두 졸고 있다.

"백—골. 신고합니다. 병장 박용민 외 1명은 금일 01시 30분부터 03시까지 탄약고 근무를 명받았습니다. 이에 신고합니다. 백—골."

거수경례를 하며 나지막이 읊었다.

선풍기를 튼 채 코를 골던 김 하사가 '어, 어' 하며 책상 위의 다리를 내린다. 의외로 잠귀가 밝은 모양이다.

"어, 그래. 오늘도 니들 둘이냐? 어후, 피곤해… 암구어 숙지했지?"

그는 입귀의 침을 닦으며 졸음에 겨운 눈으로 말을 이었다.

"담배 안 가져가지? 요즘 대대장님이나 작전관님이 돈다니까 근무 제대로 서라. 알았지?"

'예, 알겠습니다.' 심드렁히 대답하고 행정실을 나왔다.

전역까지 넉 달 정도 남았지만, 요즘 추세대로 특명이 떨어진다면 최소한 이 주 정도는 더 빨리 나갈 수 있다. '백 일만, 백 일만 버티자.' 염원하던 나는 '이 짬밥에 아직도 근무를 나가야 하나' 하는 허세 속에 살고 있었다.

달도 보이지 않는 8월 중순의 밤은 습하고 더웠다.

후레쉬를 비추며 걷는 박 일병 뒤를 '꿩 총'을 메고 따라갔다. 연병장 한 귀퉁이 희끄무레한 해골상 옆에 웅크리고 있는 거인의 실루엣이 눈에 들어왔다. 금년 봄에 신설한 '헬기레펠타워'다. 헬기레펠 조교 양성 교육 중 '역레펠'을 하다 목이 부러져 앰불런스에 실려 간 고참이 생각났다. 운이 좋아 살아남았다는 소식도 언뜻 스쳐 지나갔다. 이 연병장 볼 일도 몇 달 안 남았다.

"박 병장님. 비가 오는 것 같은데 판초의 안 씁니까?"

연병장을 지나 전투 중대 중 가장 고지高地에 있는 1중대 막사 앞을 지날 즈음 안개보다 조금 굵은 비가 내렸다.

"야, 괜찮아. 이것도 비냐? 안개지, 안개. 좀 무거운 안개!"

본부중대와 BOQ를 지나니 100여 미터의 오르막이 나타났다. 무릎 높이의 작은 관목과 잡풀만이 무성한 개활지의 오솔길에 적막이 감돌았다.

오르막의 끝 지점에 이르자 탄약고의 초소가 선명하게 각을 잡고 서 있다.

"동작 그만! 화랑!"

"이순신!"

암구어 교환이 이루어지고 인수인계를 했다. 그리고 접수한 탄창의 봉인을 확인 후 K-2에 장착했다. 망루에 올랐다. 경주의 왕릉에 비할 바는 아니지만 그래도 꽤나 큰 '봉분'들이 대여섯 개 눈에 들어온다. 어느 봉분 안에 어떤 폭발물이 들어있는지는 알 수 없었다. 달빛도 별빛도 없는 뿌연 어둠 속에 오솔길을 되돌아 내려가는 불빛이 보였다.

"용준아, 뺄 짓 하지 말고 근무 서라이, 한 시간 있다 바꿔 줄게."

"예, 알겠습니다. 쉬십시오."

아래에서 박 일병의 목소리가 들렸다.

박용준. 나와는 본도 관도 전혀 다르다. 단지 이름이 비슷하여 나는 그의 멘토가 되어 '애비 자식'으로 묶였고, 또한 사수·부사수로도 묶였다.

나와 세 살 터울의 용준은 183센티의 키에 각종 무도가 십 몇 단으로 그야말로 훨훨 날아다니는 친구였다. 갓 배치된 특공소대에 적응하는 데는 두어 달이 걸렸다. 늦지도 빠르지도 않은 적응기간이다. 하지만, 적응 후의 용준은 누가 보아도 '모범사병'이었다.

소대 대항 단체축구를 할 때면 언제나 자신이 마크하는 적진의 스트라이커를 '보디첵'으로 날려 버렸으며, 특공 사격장에서는 다른 이병, 일병들이 입에 거품을 물고 헤매도 그는 언제나 가볍게 장애물들을 통과했다. 부산에서 10여 개의 사업체를 운영한다는 부잣집 외아들임에도 서글서글하고 원만한 성격을 지녔다.

나는 화이바를 깔고 앉아 탄창집에서 담배를 꺼내 물었다.

얕은 잠에 든 지 한 시간이나 지났을까, 기대고 있던 망루의

외벽에서 소란한 울림이 느껴졌다. 나를 흔드는 박 일병의 손길이 거칠었다.

"박 병장님. 이, 일어나 보십시오. 좀, 좀 이상한 게 있습니다."

그의 목소리가 떨리고 있었다.

"뭐야, 야, 여기 올라오면 어떡해. 내가 교대해준다고 했잖아, 인마."

"… 저기, 저기요."

깔고 앉았던 화이바를 머리에 쓰고 일어났다. 눈이 침침했다. 박 일병의 손길을 따라가 보니 흐릿한 안개와 어둠 속에서 무엇인가 움직이고 있었다. 달빛이 없었음에도 허옇게 보이는 무엇이 1시 방향에서 천천히 흔들리고 있었다.

"뭐야, 저거―, 야, 저게 뭐냐, 제대로 봤냐?"

"자, 잘 모르겠습니다… 저게, 저게 이 앞으로… 귀, 귀신인지… 얼굴이 맹수 같고…"

용준이 횡설수설하며 말을 잇지 못했다. 이상한 느낌을 받았다.

"위에서 보고 있어, 이상하다 싶음 상황실로 연락하구."

나는 화이바의 턱 끈을 조이며 초소 아래로 내려가 그것을 향해 올라가기 시작했다. 옅은 안개가 퍼져있었으나 가시거리에 영향을 줄 정도는 아니었다.

50여 미터나 올라갔을까, 어둠 속에서 '하얀 것'이 너울거리고 있었다. 순간적으로 그것의 얼굴과 흩날리는 머리칼이 보였다. 소복 차림에 허리까지 내려온 머리카락을 출렁이며 나를 내려다보는 처녀 귀신. 그녀의 눈이 파란 안광으로 번쩍였다.

찬바람이 얼굴을 휘감았다. 팔뚝에서 시작한 소름은 순식간에 얼굴을 지나 머리끝으로 내달렸다. 아랫배에 힘을 주고 총을 겨눴다. 후레쉬가 떨어지며 불빛이 하늘로 땅으로 웅트림을 친다. 입이 벌려지지 않았다. 울렁거리는 가슴을 억눌렀지만 꺽쉰 음성은 떨리고 있었다.

"누, 누구냐. 동작 그만. 화랑―"

"…!"

'이런…, 별 거지 같은…'

너울거리며 나를 홀리던 그것은 찢어진 비닐이었다. 잡풀이 자라지 못하도록 밭이랑을 덮어씌우는 멀칭용 비닐이 나뭇가지에 걸려 휘날리고 있었다. 긴 한숨이 절로 터져 나왔다.

총을 어깨에 메고 다시 초소로 돌아왔다. 뒤에서 고라니가 뛰어가는 듯 부스럭거리는 소리가 들렸다. 하지만 뒤돌아보지 않았다. 사람이나 귀신만 아니면 상관없는 일이다.

"야, 용준아, 이 새끼야. 비닐쪼가리 보고 고참을 깨워? 죽을래?"

초소로 올라가며 한 대 쥐어박을 준비를 했다. 그러나 용준은 그 말을 듣지 못한 것 같았다. 그는 여전히 초소의 한시 방향을 가리키며 '저기, 저기로 올라갔습니다'를 되풀이했다. 물을 뒤집어쓴 것처럼 그의 얼굴은 땀으로 흥건해 있었다. '정신 차려, 넌 헛것을 본 거야. 이 새끼 이제 보니 겁 더럽게 많네…' 나는 그의 머리통을 두어 번 두들기고 담배를 한 대 권했다.

"용준아, 너 이 산에서 목매달아 죽은 처녀 얘기 들어봤지? 그거 땜에 그래, 자식아… 원래 그런 생각을 하면 그게 보이는 거야. 괜히 잡생각 말라는 줄 아냐? 원, 태권도, 합기도가 다 몇 단이라구? 시키야. 그 단 수가 아깝다. 비닐 쪼가리 보고 염병하긴… 그래갖고 어디 특공소대라 하겠냐. 딴 소대 새끼들 알까 쪽 팔린다. 인마."

용준은 '예. 잘 못 본 거 같습니다'라며 짧게 대답을 했다. 담배연기를 뿜으며 평정을 찾은 듯 보였지만, 그의 눈은 다른 말을 하고 있었다.

03시 05분. 후번 근무자들과 교대를 하며 '귀신 나온다'고 각별히 주의를 주었다. '처녀 귀신이면 좋겠네' 하고 낄낄거리는 그들을 뒤로하고 중대로 복귀했다. 새벽을 맞이하기 위한 어둠이 더욱 짙어지고 있었다.

2.

시간과 정력精力은 나를 배려하지 않았다.

10여 년의 사회복지사 생활을 마치고 지리산자락 삼장면의 범골에서 귀농생활을 시작한 지 3년 차로 접어들었다. 패기 있게 시작한 농사였지만 그 정열은 해가 갈수록 쇠약해졌고 이상과 현실의 괴리에 자주 낙담하게 되었다.

추억의 되새김질은 현실에 대한 자위일 뿐이지만, 한때 열두 명을 낙법으로 뛰어넘어 수색대대 최고의 기록을 갖고 있던 나는 가끔 그 시절을 떠올리며, 범 속에 찌들어 허접해진 체력을 애써 모른 체하며 살고 있었다.

월 40만 원짜리 유급 자원봉사자라는 신분으로 시작하여 천직으로 매진했던 사회복지사직은 이미 석화된 과거가 되었다. 몸 사리지 않고 일하는 복지사로 작으나마 지역 내 인지도가 있었던 박용민은 이제 잊혀진지 오래였다. 퇴사의 원인이 된 복지관 관장 폭행 사건은 외부로 드러나진 않았지만, 더 이상 직장생활을 영위할 순 없었다. 더불어 어차피 늦었으니, 월급이나 좀 오르면 하자고 미루던 결혼 역시 퇴직과 함께 사라지고 말았다. 이미 2년여 동거를 하던 동갑내기 그녀는 부모님의 만류라는 황당한 이유로 나와의 인연을 끝냈다. 잡으려 하지 않았다. 따지지도 않았다.

그날, 오후 세 시… 외부자원연계사업으로 두 개의 전화기를 들고 황망히 일하던 사람을 복지관의 뒷마당으로 불러낸 관장은 술에 젖어 벌게진 얼굴로 건들거리고 있었다. 옆에는 사회봉사명령을 수행 중인 관장의 '술친구'들 두엇이 저들끼리 키득거리고 있었다.

전날 복지관 지하의 경로식당에서 동네 술친구들과 어울리고 있던 그에게 사업 경과를 보고한 것은 이미 까맣게 잊고 있었다. 당일 오전에 올린 업체선정에 관한 결재서류가 그의 심기를 건드린 것 같았다. '박 팀장, 니가 뭔데, 이런 결정을 하냐, 니가 관장해라'로 시작한 그의 이죽거림은 입에 올리기도 힘든 육두문자와 욕설을 뱉어내며 정도를 더해갔고, 간간이 쥐고 있던 라이터로 내 가슴을 찌르기도 했다. 처음, 영문도 모르고 욕을 먹던 나는 그의 주사酒邪 이유를 알게 되었고, 서서히 머릿속이 비워지기 시작했다. 마지막으로 '씨팔놈이 눈깔 뜨는 거 봐라' 하며 그가 내지른 '조인트'는 결국 몇 년간 참고 참았던 인내의 줄을 끊어 버렸다.

무언가 뒷골을 때리는 느낌과 함께 나는 우아한 돌려차기로 그의 아래턱에 오른발을 꽂아 넣었다. 그리고 관장의 옆에서 뭐라 지껄이며 손을 쳐들고 다가오는 주정뱅이의 목젖에 아귀손을 거세게 밀어 넣었다. 그리고 다시 그들을 향해 몸을 띄웠다. 주위는 아수라장이 되었다. 얼마나 되었을까, 관리팀의 김 씨가 나를 감싸 안고 끌기 시작했다.

사건 이후 내 몸은 무엇인가로 팽팽하게 채워졌다.

꼴에 중간관리자라고 리베이트와 후원금 전용 등 관장의 부정과 불합리에 눈 감을 수밖에 없었던 역겨운 합리화가 깨졌다. 내 스스로에 대한 원칙과 상식의 회복이 ─물론 거창한 이유일 수도 있다─ 비록 물리적이긴 했지만 숨통을 트여 주었다. 내 심근에 있던 한 조각의 자존심이 살아났다. 사건 전후 이별 통보를 하던 그녀에게 전전긍긍하던 '남자 노릇'에 대한 욕망이 얼마나 하잘것없는 것인가도 깨닫게 해주었다. 아직은 젊었고 남은 삶에 대해 결론이 난 것도 아니었다. 조금 유치하긴 하지만, 현실은 내가 만드는 것이지 맞춰가는 것이 아님을 깨우쳤다.

그러나 시골에서의 생활은 그렇게 녹녹하지 않았다. 이미 도시생활에 익숙해진 몸뚱이는 그곳의 흙과 바람에 쉬이 적응하지 못했다. 미래에 대한 두려움은 없었지만 심신에 각인된 '복지사가 천직'이란 의식은 상처가 되었고 결국 그 아픔이 사라지는데 2년이라는 시간이 걸렸다. 그리고 문득 소설이 쓰고 싶었다. 철없는 '문학 중년'이 되었다.

1년여를 서울의 한 자치구 도서관에서 소설창작 수업을 받았다. 저명작가 두 명이 강의하는 수업은 나에게 방향과 열정을 주었다. 열심히 참여한다고 노력했지만, 주 1회의 수업을 위해 서울과 시골을 오가는 일이 쉽지만은 않았다.

마흔 살의 나는 아직도 꿈을 꾸고 있다. 하지만 수업시간 외에는 언제나 답답한 응어리를 가슴에 품고 사는 잉여인간이기도 하다.

3.

나는 변두리의 작은 오피스텔을 벗어나 피시방에서 이곳저곳

웹서핑을 하며 서울에서의 체류시간을 즐기고 있었다.

고도의 인내심이 필요한 시골집의 인터넷은 꼭 필요한 경우에만 사용했다. 컴퓨터는 소설습작 용도로만 한정되었다. 웹서핑이나 이메일 정리는 서울에서 하는 것이 스트레스받지 않고 마음 편했다.

뜻밖의 메일이 와 있었다.

[백−골! 형님. 오랜만입니다. 잘 지내고 계시죠? 박용준입니다. 기억나십니까? 정말 뵙고 싶습니다. 지난달 '헌터맨'에서 형님인 줄 알았습니다. 바로 연락드리려고 했는데, 이제야 연락드립니다. 어디에 계십니까? 전 부산에 살고 있습니다. 조만간 한번 찾아뵙겠습니다. 제 전화번호입니다. 010−0000−0000. 백−골!]

박 일병의 메일이었다. 바로 답장을 썼다.

[어이, 아들. 오랜만이네. 전역하고 못 봤으니 한 15년 됐나? 잘 지내지? 나도 보고 싶구만, 결혼은 했나? 뭐 하고 사냐? 아, 자세한 건 만나서 얘기하자. 일단 전화번호 줄게. 확인한 후 전화해라. 010−000−0000]

한 시간쯤 지난 후 그에게서 바로 전화가 왔다. 용준은 마침 서울에 올라와 있다며 종로에서 만나자고 했다.

그는 여전히 군살 없는 건장한 체격을 지니고 있었다.

YMCA 앞에서 만난 우리는 해후를 축하하며 피맛골에서 막걸리를 몇 단지 비웠다. 계산을 하겠다며 카운터 앞을 점령한 용준을 쌍욕으로 밀어내고 맥줏집으로 향했다.

"행님. 맥줏집 가실라 합니꺼?"

"그래, 막걸리 마셨으니 입가심해야지."

"그라모, 지 따라 오이소. 2차는 지가 살께예."

용준은 내 손목을 잡고 택시를 잡아 세웠다.

우리는 강남의 무슨 비즈니스 클럽 앞에서 하차했다. 웨이터 '호랑이'가 마중 나와 있다가 용준을 보며 90도로 허리를 굽혔다. 테이블에는 이름도 알 수 없는 양주가 세팅되어 있었다. 아가씨들이 들어왔고 우리는 또 술을 마셨다. 10여 년이 지났건만 군시절의 추억은 시간과 무관했다.

용준과 어깨동무를 하고 군대에서 부르던 '와수리 창녀가'를 질러 댔다. 깔깔거리는 아가씨들의 웃음이 싸이키 조명에 섞이기 시작했고, 추가한 양주가 우리를 마시고 있었다. 나는 파트너를 안아보겠다고 허우적거리다 의식을 잃었다.

용준에게서 다시 연락이 온 것은 이틀이 지난 후였다.

그는 서울에서의 볼일이 끝났다며 나에게 조용히 할 말이 있다고 했다.

"무슨 얘기인데, 여기까지 찾아오겠다고?"

"예, 볼일을 끝내고 나니까 시간이 남는기라예. 뭐 별 얘기 아니지만서두, 행님 사는 집도 가보고 싶고—"

한 시간 후 그는 초라한 내 오피스텔을 찾아왔고 나는 식탁 의자를 꺼내며 커피를 권했다.

"행님, 담배 펴도 됩니꺼?"

"괘안타. 얼마든지 펴라."

종이컵에 물을 담아 그에게 건넸다. 그가 한 모금을 길게 뱉어낸 뒤 정색한 낯빛으로 다가앉았다.

"행님, '장산범'이라고 아십니꺼?"

"장산범? 그래 들어본 것도 같다. 아, 거기지, 헌터맨. 거기서 읽어 봤다."

"맞아예, 지가 행님 알아본 게 바로 거기 아입니꺼. 엊그저께 말씀드렸듯 지가 그런 쪽으로 조금 관심이 있잖습니꺼."

그랬다. 용준이 나를 알아본 것은 헌터맨이란 웹싸이트의 게시판에서였다. 그곳은 세상의 불가사의한 현상들과 해명 안 된 사건들을 여러 각도에서 바라보고 분석하는 일종의 '덕후¹클럽' 같은 곳으로, 주로 UFO나 외계인, 달과 화성, 그리고 유령, 귀신이니 하는 심령현상이나 미확인 생명체 UMA² 등을 다루었다. 나는 한 달여 전 헌터맨의 '미스터리 체험담'이란 게시판에 10대에 느꼈던 신비체험을 올린 적이 있었다.

단전호흡 중에 느꼈던 체험이었는데―이미 그 이야기는 주변 사람들한테 여러 번 했던 내용이었다. 물론 용준도 나에게 몇 번 들은 적이 있었다.―그 댓글 중 '혹시 백골 수색대대 810 출신 아니세요?' 하는 질문이 있었다. 조금 당황했지만 '예, 그렇습니다. 혹시 절 아시나요? 누구시죠?' 하고 답글을 올렸다. 하지만, 답글에 대한 응답은 없었고, 나는 개의치 않았다. 댓글을 올린 이는 헌터맨에서 꾸준히 활동하여 눈에 익은 '용오름'이란 아이디였다.

그는 주로 UMA 쪽 관련 자료를 올리고 있었고, 특히 전래 민담 속에 등장하는 동물들에 대해서 해박한 지식을 갖고 있었다.

---

1 집 안에서 자신의 취미 애호생활만 즐기는 일본의 외톨이족 '오타쿠'의 온라인 용어. 동호인이나 '매니아' 정도의 수준을 넘어 관심분야에 대해 전문적인 의견을 펼치는 준전문가 정도의 사람을 일컬음.

2 미확인 생명체 UMA(Unidentified Mysterious Animal) 또는 ULO(Unidentified Life on) 등으로 불린다. 미국과 캐나다의 빅풋, 히말라야의 설인 예티, 스코틀랜드의 네시, 몽골의 데쓰웜 등이 해당된다.

그 용오름이 바로 용준이었다.

　"그래, 그랬지. 그런데, 웬 장산범?"

　"행님도 아시겠지만 장산이 부산에 있는 거 아입니꺼, 근데, 그 장산범 목격담이 있는 출현장소를 보니 철원도 있다 아임니꺼."

　"그래. 그건 나도 알아. 전국적으로 다섯 곳인가에서 출현했다며, 주로 소백산맥을 타고."

　"맞심더, 그런데, 지가 여기에 미치게 된 게 뭣 때문인 줄 아심니꺼?"

　"너, 용오름이란 아이디로 꽤 많은 글을 올려 놨더만, 취미생활 아녀?"

　"그게 원래 그렇지 않았어예. 이 사이트를 알고 나서부터 그런 활동을 한 거라예. 그기, 그 생각납니꺼? 92년도 8월 18일, 탄약고 근무 섰을 때 말입니더."

　"… 아, 그래, 기억난다. 그 왜 니가 귀신 봤다고 해서 내가 가 본 거 아냐. 비닐 쪼가리 보고 착각한 거. 하긴 나도 이제야 얘기하지만, 그날 진짜 쫄았다. 처음 후레쉬를 비췄을 때 완전 귀신으로 보이더라니까―"

　그날 일이 생각났다. 킥킥거리며 용준을 돌아보는데, 그는 희미한 미소로 조용히 내 눈을 응시하고 있었다.

"와, 뭐 잘못됐냐? 왜 그런 눈으로 보는데?"

그의 낮은 목소리가 내 기억을 휘돌아 감기 시작했다.

"행님, 잘 들으시소. 그때 행님이 본 게 비닐쪼가리가 아니라 바로 장산범이었심더. 그날 밤에 행님이 초소에서 자고 있을 때, 새벽 두 시 조금 넘었나, 아래에서 무슨 소리가 들리는 기라. 고라니인가 하고 봤더니 오솔길에 사람 그림자가 있는 게 아입니꺼. 그기, 잘 안 보였는데, 그기…"

용준의 안색이 변하고 놀랍게도 그의 눈에 서서히 공포가 서려 들고 있었다.

"내 쪽으로 다가왔소. 들릴 만큼 암구어를 댔는데 말이 없는 기라. 머리가 쭈뼛하데예, 거총하고 후레쉬를 비춰보니…"

"… 그게, 장산범이드나."

용준의 얼굴이 거짓말처럼 납빛으로 변해가고 있었다.

"… 맞심더, 허연, 아니 하아얀 털을 가지고 있었어예, 뿌연 안개 속에서도 그 빛깔이 얼매나 하얗던지, 온몸에 털이 나 있었심더. 길고 하얀 털, 그게 사람맨키로 걸어왔는데… 긴 팔을 늘어트리고… 칼을 들고 있는 것처럼 보였어예, 양쪽 손에 서너 개씩…"

용준의 담배가 손끝에서 떨리고 있었다.

"후레쉬를 비추니 놈이 얼굴을 가리데예, 손, 손 이었심더, 날카로운 손톱을 가진⋯ 눈이 칼날 같은 손톱 사이로 파아랗게 빛나고 있었는데, 사람이 아니었심더. 불그죽죽 어둑한 피부에 날카로운 이빨, 원숭이하고 호랑이하고 섞은 것처럼 생긴⋯ 그게 저를 노려보고 있었심더⋯"

"⋯"

"그라고 행님이 있는 초소를 한 번 올려다보더니 지나가데예⋯, 조금 걸어가다 엎드리더니⋯ 땅 위를 기는 듯 뛰어가지 않습니꺼. 후우, 정말로 오줌 쌀 뻔했다 아임꺼."

용준의 담배가 필터를 태우고 있었다. 그는 종이컵에 담배를 끄고 다시 한 대를 꺼냈다.

"얌마, 담배 아깝다. 한 모금 빨고 다 태웠네— 그리고, 니가 올라와 날 깨운 거지?"

"예. 그랬심더."

"정말이야? 하, 식겁했겠네. 야아, 말만 들어도 소름 돋는다. 어째 그게 널 가만 놔뒀다냐? 그놈은 사람이고 뭐고 다 잡아먹는다며?"

"모르지예. 와 그냥 갔는지. 아마 나 말고 행님이 초소에 있다는 걸 알아서, 총이 무서워서 그런 게 아닐까 생각해 봅니더. 아무래도 군부대 근처니까, 총이 뭔지 알 것 아입니꺼… 그나저나 행님도 그놈 코앞에까지 갔다 온 거 아십니꺼?"

"뭔 소리야? 난 놈을 보지도 못했는데—"

"그기 말입니더. 행님이 올라간 데가, 그 비닐 쪼가리 본 데 말입니더. 그 바로 뒤에 그놈이 있었다 아입니꺼. 행님이 후레쉬 비추고 총을 겨누자 가만있다 돌아서더니 바로 산으로 올라갔다 아인교."

"뭐? 그때 거기에 장산범이… 있었다고?"

"하문요. 거기 있다 올라가는 걸 내가 봤다니까. 사위가 어슴푸레했지만, 그 하얀색 털은 얼마나 선명히 보였는데… 그게 기어서 날듯이 산봉우리 쪽으로 올라갔다 아입니꺼."

귀밑으로 소름이 돋았다. 그날 밤 보았던 처녀 귀신의 '푸른 안광'이 환시가 아니었던 모양이다. 용준도 나도 그날 밤 운이 좋았다는 생각이 들었다.

"야, 정말 소름 돋는다. 그럼 우리 둘 다 아주 운이 좋았네! 그런데, 만일 그게 장산범이라면, 어쨌든 짐승 아니냐. 총으로 갈겼으면 잡았을 수도 있었겠나?"

"마, 그렇지 않을까 생각도 해 봤심더. 하지만, 우리가 총을 가지고 있어서 그놈이 해코지를 안 했을 수도 있는 거니까, 정면으로 대응했으면 어찌 됐을지 사실은 지금도 자신이 없어예."

"허, 그래서 니가 그날 밤 그렇게 땀을 흘렸구나. 난 더워서 그런 줄 알았지… 아무튼 확실히 납량 특집이다. 이야, 생각만 해도 시원하다. 근데 그 얘기를 왜 이제야 하냐?"

용준은 자신이 본 것을 대대 인사계에 보고를 했고, 인사계는 그 일을 함구할 것을 명령했다고 한다. 그리고 용준은 전역할 때까지 그 명령을 지켰다고 했다. 하지만, 인사계는 그것의 존재를 이미 알고 있었으며, 1년에 한두 차례씩 목격된다고 했다는 것. 그렇지만, 부대원의 사기 문제와 여러 가지 파장을 고려해 함구하는 것이 가장 효율적인 대처법이라고 말했다는 것이다.

용준은 전역 후 헌터맨에서 비로소 장산범의 존재를 알게 되었고 목격자들의 얘기가 자신이 목격한 것과 일치하다는 것을 알고 열심히 자료를 모았다고 한다. 철원에서의 목격자와 인터뷰하면서 장산범의 출현지가 자신이 전역한 부대임을 알게 되었을 때, 자신이 목격한 것이 바로 장산범임을 거듭 확신했다는 것이다.

"행님. 장산범은 개여시[3]나 꽝철이[4], 불가사리와는 다른 겁니더. 아마 지리산이나 소백산 일대에 살고 있는 현존하는 짐승일 겁니더. 개여시도 목격자가 있지만 그리 신빙성이 없고, 불가사리나 꽝철이는 좀 그렇고요. 하지만, 이놈은 구체적인 목격자들이 있다 아입니꺼."

"그래서? 뭘 말하고 싶은데?"

나를 바라보던 용준이 잠시 눈을 감았다가 떴다.

"행님. 웃지 마이소. 정말 진지하게 얘기하는 거요… 나랑 장산범 잡으러 가입시더."

"뭐?"

농담으로 하는 말이 아니었다. 그는 사냥용 총기 허가도 있었고, 석궁과 '람보칼'도 준비했으며, 한 달 분량의 레이션(전투식량)과 1인용 야전텐트 등 잠복과 수색에 필요한 모든 장비를 완비했노라고 담담하게 말했다. 기가 막혔다. 그가 얘기하는 장비는 일반 캠핑 시장에서 살 수 있는 물품들이 아니었다. 서울의 동대문과 남대문, 부산의 도깨비시장의 일부 점포에서만 취급하

---

3 인육을 먹은 개라고 함. 얼굴은 여자 얼굴이고 몸은 개로 일본의 인면견과 유사하나 사람을 홀릴 때 아름다운 나체의 여자로 변신한다 함.
4 승천하고 싶지 않은 이무기의 한 종류로 가뭄을 불러일으키는 악한 심성을 가진 경남지방 전설 속의 짐승.

는 군용물품들이다.

"너 이러는 거 부모님이 아시냐? 니 약혼녀도 알고?"

"아따, 뭐 한다꼬 일부러 얘기하겠심꺼. 다 모르지예. 행님이 뭣 때문에 그라는지 알겠지만, 걱정 마이소. 내 할 일 다 하고 있으니까. 그래야 내 운신하기가 편치, 아니믄 어데 이렇게 돌아다니겠소—"

하긴 그랬다. 대학 졸업 후 세칭 일류기업에 취직을 했으나 적응하기가 쉽지 않았던 모양이었다. 겨우겨우 3년여를 다니다 퇴사하고 지금은 부친의 여러 사업체 중 주유소 2개를 물려받아 운영하고 있었다. 그는 부모를 잘 만난 전형적인 '금수저 니트족'이였다. 본질적으론 나도 그와 다를 게 없었지만….

"그런데 하필이면 왜 날 찾았냐? 백골 불사신 810이라면 어떤 놈도 괜찮을 건데."

"행님, 그걸 말씀이라고 하심니꺼. 행님은 제 아부지 아임니꺼. 한번 아부지 하기로 했음 끝까지 하는 기지. 뭘 그리 따지심꺼, 그리고 솔직히 말이 나와 하는 얘기지만, 다들 운동 좀 했다 하는 우리 소대원 중 그나마 여러 가지로 믿음이 가는 사람은 행님 밖에 없다 아입니꺼…"

용준의 얘기를 이해할 수 있었다.

소대 임무가 비전시非戰時에 적의 5XX GP를 기습 타격하는 것이라 우리는 수색대대 안에서도 열외의 독립소대나 마찬가지였다. 물론 그만큼 혹독한 훈련과 체력을 요함은 언급할 필요도 없었다. 각종 무도가 종합 12단인 용준의 눈에는 계급과 상관없이 소대원들의 여러 가지가 보였을 것이다. 적어도 몸을 쓰는 부분에서는 그의 눈맵시를 따라갈 사람이 없었다.

"좋아, 그렇다고 하자, 그럼 함 물어보자. 니가 '가자' 하면 내가 '그래' 하고 무조건 함께 할 것으로 믿었냐? 용준아, 니 나이가 서른일곱이란 거 알고 있지? 내 나이도 알고 있지?"

"아따, 행님도, 알고 있지, 그럼 모르겠소. 그렇지만 행님 말씀처럼 지가 '가입시더' 하면 행님도 그래 '가자' 할 줄 믿었지. 와, 행님은 같이 안 하실랍니꺼? 고마 같이 하입시더. 아까 말한 대로 준비는 다 끝났다니까. 행님은 몸만 오면 돼. 와서 내 백업만 해줘…"

"정말, 참, 말이 안 나온다. 용준아. 그래. 니 얘기대로…"

"행님! 지금 결정 안 하셔도 되예. 나야 계속 준비해 왔던 거니까 상관없지만, 행님은 귀농을 했다니 밭일도 해야 하고, 소설 공부도 해야 하고. 일단 행님 상황을 내가 속속들이 모르니까, 그거 정리 한 번 해보고 되겠다 싶음 연락주소—"

그가 내 말을 자르며 결론을 내렸다. 그리고 커피를 마신 후 여자 얘기로 화제를 돌렸다. 당장 결정을 짓는 것이 아닌 만큼 그의 권유를 마음에 둘 필요는 없었다. 한 시간 정도 잡담을 나누고 그를 버스 정류장에 데려다주었다. 그가 창문으로 얼굴을 내밀며 말했다.

"행님, 생각해 보시고 연락주이소. 한 달 안에 주이소, 너무 추워지면 산속에서 힘드니까. 알지요? 그럼 갑니다―"

4.

지리산 자락의 삼장행 버스를 탔다.

시골길은 언제나 고즈넉했다. 마을 어귀의 버스 정류장에서 황토집으로 올라가는 오솔길에는 산 그림자가 길게 번지고 있었다.

며칠간 집을 비웠더니 농막은 폐가가 되어있었다. 집 둘레로 억새며 왕달맞이꽃 등이 번성하고, 200여 평의 채마밭은 난장판이 되어 있었다. 특히 고구마를 심어놓은 곳은 엉망으로 헤집어져 있었다. 한 이랑의 길이가 10여 미터인 일곱 이랑에 세 종류

의 고구마를 심었는데 제일 실하게 자라던 다섯 이랑의 고구마
들이 소위 작살이 났다. 한눈에 봐도 멧돼지의 해작질임을 알 수
있었다. 놈들의 크고 작은 발자국들이 온 밭에 혼재했다.

고구마 줄기는 건드리지도 않았다. 시각 후각이 총동원된 것
인지 놀랍게도 놈들은 무성하게 번진 줄기들을 헤치고 고구마가
달려있는 중심자리만 정확하게 파헤쳐 놓았다. 주위에 먹고 남
긴 고구마 부스러기들이 진창으로 널려 있었다. 한 입만 베어 먹
고 팽개친 것들을 주워 살펴보니 속이 썩어 있거나 매끈하지 못
한 모양새다. 한 놈의 짓거리가 아닌 것 같았다. 동네 황 이장 말
에 의하면 놈은 두 마리의 새끼를 데리고 다닌다고 했다. 먹을
것이 없는 겨울에만 멧돼지가 내려오는 것이 아니라 수확기에
더 해작질을 한다고 했다. 어처구니가 없었다. 고구마는 게으름
뱅이도 할 수 있는 수월한 농사라고 하지만, 나름 호미질 삽질로
힘썼던 봄부터의 노력이 한순간에 사라져버렸다.

진돗개가 바로 옆을 지키지 않고 묶여 있었다지만, 집 마당이
나 다름없는 텃밭에까지 산짐승이 침범을 했다는 것은 심각한
일이었다. 철책으로 울타리를 쳐야 할 것인지 갈등을 했다.

며칠간 아침저녁으로 텃밭의 김을 매거나 감나무밭 잡초를

베는 일상이 흘렀다.

산자락으로 내려온 지 나흘째, 온종일 비가 내렸다. 출출하여 소주 한 병을 마셨다. 취기가 돌자 집안을 뒤져 매실주며 오가피주를 꺼내 마시기 시작했다.

술기운이 스물스물 전신을 에워싸기 시작했고 나는 허물을 벗듯 팬티만 걸치고 널브러졌다. 밭구렁에서 풀을 베거나 흙을 뒤집을 때, 그리고 소설을 쓴다고 고민을 할 때 빼고는 언제나 허전하고 답답했다. 나는 비록 마시는 순간뿐일지라도, 허한 속을 채워주는 취기가 좋아 가끔 술을 마셨다. 마침 그날은 오후부터 비가 주룩거려 더 허전했는지도 모른다.

얼굴이 불콰해진 채 흙마당으로 나갔다.

날은 어둑하니 어스름이 내렸고 비는 이슬비로 바뀌어 있었다. 집 뒤란으로 돌아가 오줌을 갈겼다. 땅의 경계를 알려주는 사철나무가 집 주변으로 심어져 있고, 주차된 차도 있어 팬티만 걸친 내 모습이 길에서 보이지 않음은 확실했지만, 그래도 누가 있을까 경계를 했다.

소변을 보고 돌아서는데 현관어귀에 묶어 놓은 진돌이가 가래 끓듯 나지막이 으르렁거리기 시작했다. 몸과 귀를 낮추고 털은 곤두섰다. 살기 띤 눈에서 푸른 안광이 쏟아지는 듯했다. '왜 그래? 멧돼지라도 나타났냐?' 웅얼거리며 진돌이 쪽으로 다가갔다. 내가 가까이 다가감에도 진돌이는 자세를 흐트리지 않고 한곳을 주시하고 있었다.

"뭐야? 뭐가 있어?"

어렴풋이 윗집 할머니가 길을 오르고 있는 게 보였다. 50미터쯤 앞에 언제나 그렇듯 하얗게 센 머리에 흰 앞치마를 두른, 말 많은 정순할매가 집으로 올라가고 있었다.

빗줄기가 조금씩 굵어졌다. 팬티에 빗물 자국이 번져들었다.

"어이쿠, 빗살이 또 굵어지네. 야, 진돌아. 너도 집 속으로 들어가—"

현관으로 돌아서는 순간, 길 위의 노인이 앞으로 엎어지는 모습이 곁눈에 걸렸다. '어이쿠, 저 할매 넘어졌네….' 하지만, 팬티 차림으로 도울 수는 없었다. 휘청거리며 바지를 입고 허리춤을 여미며 나가 보니 그녀는 이미 올라간 후다.

진돌이는 여전히 정순할매가 올라간 쪽을 향해 으르렁거리고 있었다. '자식이 싱겁긴… 얌마, 집에 들어가라니까.'

방으로 돌아온 나는 오가피주의 마지막 방울까지 전부 마셔버렸다. 그리고 컴퓨터의 전원을 넣고 온갖 육두문자로 느려터진 인터넷 속도를 저주하다 자리에 쓰러져 잠이 들었다.

다음 날 아침, 숙취로 두어 시간 늦게 일어난 나는 생수 한 병을 마시고 텃밭으로 나갔다. 괭이질을 시작하고 이십여 분이나 지났을까, 일단의 무리들이 웅성거리며 산에서 내려오고 있었다. 무언가를 담은 마대를 질질 끌며 내려왔다. 몇몇의 바짓가랑이와 작업복 소매에 핏자국이 묻어 있었다. 후미에 황 이장이 보여 소리를 질렀다.

"황 이장님! 뭔 일 있습니까?"

무리들이 나를 힐끗 쳐다보곤 아무 말 없이 가던 길을 재촉했다. 황 이장도 '나중에 들리마' 하고 그들을 따라 내려갔다.

황 이장은 해 질 녘에 들렀다. 70대 초반인 그는 고향에서 평생을 살고 있는, 조그맣고 검게 그을린 얼굴의 전형적인 촌노다.

"오셨습니까. 피곤해 보이시네요. 주스 한 잔 드릴까요?"

"고마. 됐다. 용민이 자네 이리 나와 봐라."

"와예. 내 잘못한 거 없는디?"

웃으며 황 이장이 가자는 대로 따라갔다. 그는 길 쪽으로 나서며 마을 뒤에 장승처럼 우뚝 선 산의 한구석을 가리켰다.

"쩌그, 저 바위 보이나? 저 바위 이름 아나?"

"예, 보입니다. 이름은 모르지요. 저 산 이름도 모르는데… 왜

요?”

“저게 범바우다. 저 근처에는 절대로 가지 마라. 그리고 한동
안 밤에 나댕기지 마라.”

“무슨 일인데요? 나야 저까지 올라갈 일도 없지만, 그런데 밤
에는 왜 나가지 말라는 건데요?… 그리고 아침 녘에 갖고 가던
마대에는 뭐가 들었어요? 피도 묻은 것 같던데?”

“… 그기, 피가 보이더나?…”

“아 봤으니까 말을 하지. 계속 얘기해 보이소… 와 말씀을 안
하십니꺼.”

마대 안에 있던 것은 어미 멧돼지의 대가리 부분이라고 했다.
대가리 밑의 몸뚱이는 갈기갈기 찢어져 있고, 새끼돼지들은 형
체도 찾아볼 수 없었다고 했다. 멧돼지 일가가 맹수에게 학살을
당하고 피식된 흔적을 치웠다고 했다. 여기저기 현장에 흩어진
맹수의 발자국은 호랑이도 아니고 곰도 아니었다고 했다.

놀라서 입을 벌리고 있던 내게 그가 목소리를 낮추며 말했다.

“범 짓인기라… 범. 와호臥虎라고 하는 범. 백범이라고도 하
는… 영물이다. 내 어렸을 때 저 범바우 밑에 귀신 겉은 범이 산
다는 어른들 이야기를 들었지만, 한 번도 본 적이 없는데, 우
째… 나타났는지…”

"범이라고요? 범이, 여기 산다구요?"

"그래. 자네 범이 뭔지 아나? 엎드려 네 발로도 걷고 사람맨키로 서서도 댕기는, 허연 털로 뒤덮여 있는 짐승인기라. 호랑이를 줄범이라고 하지만, 암튼 호랑이는 아이다. 사람이나 동물을 잡아먹고 사는 범… 엎드려 다닌다고 와호. 혹여라도 보게 되면 무조건 도망가는 수밖에 없다. 알아 듣겄나. 절대 눈 마주치지 말고 무조건 도망가야 된데이…"

황 이장은 부스럭거리며 주머니에서 무언가를 꺼냈다.

"절대 아무한테도 말하지 말고 봐라. 이게 범의 털 아이가. 멧돼지 모가지에 붙어 있더만, 이거 말고는 암 것도 흔적이 없었어 —"

15센티미터가량의 비단실 두 가닥이 그의 뭉툭한 손바닥에서 새하얗게 빛나고 있었다.

범골이란 마을 이름이 머릿속에서 요동치고 있었다.

마을로 내려가는 황 이장을 배웅했다.

무거운 발걸음의 그가 보이지 않을 즈음 아래에서 파란색 경차가 한 대 올라오고 있었다.

내 옆에 멈춘 차 안에는 정순할매와 그녀의 막냇사위가 타고 있었다. 그녀는 "서울서 온제 내려 왔노, 내사 지금 울산 막내딸 집에 갔다 오는 길 아이가." 하며 반가워했다.

'어머니… 젊어지셨소'라는 얼결의 내 인사말에 그녀는 '딸이 염색도 해주고 비싼 미용실에서 파마도 해줬다'며 환하게 웃었다. 그러자 운전대를 잡은 사위가 '고만 하이소' 하며 내게 가벼운 목례를 하곤 다시 차를 움직이기 시작했다.

그들이 올라가고 난 후 옅은 소름이 온몸으로 돋기 시작했다. 서서히 꼬리뼈에서 등줄기를 따라 귀밑까지 전류가 흘렀다. 내 몸이 무엇인가로 뻐근히 채워지고 있었다. 나는 휴대폰을 꺼내 용준의 전화번호를 찾기 시작했다.

천왕봉

"어마 저게 뭐야? 너구린가?"

"아냐, 너구리치곤 너무 큰데?"

"멧돼지 아냐?"

"멧돼지는 아닌 거 같은데?"

허옇고 넙데데한 얼굴의 여자가 소리를 높였다. 뒷덜미를 덮고 있는 꼬불거리는 머리털, 노란 점퍼, 자주색 바지. 선글라스는 얼굴의 반을 가리고 있다. 시커먼 유리 아래 단풍색 입술이 호들갑을 떤다. 앞서거니 뒤서거니 하며 산뽕나무 아래를 지나던 일행이 걸음을 멈추고 올려본다.

"아니야. 저건 너구리가 아니야. 오소린가? 족제빈가? 잘 모르겠는데?"

"확실히 멧돼지는 아닌 거 같고!"

색안경을 벗고 눈에 힘을 주던 남자가 족제비 타령을 한다.

"어이구, 족제비, 오소리도 몰러? 저건 오소리네! 이야 근데 덩치 좀 봐라. 중돼지 만하겠는 걸?"

모자를 벗고 민둥머리의 땀을 닦던 남자가 여자에게 퉁박을 준다.

"어머, 저게 오소리야? 나 오소리 처음 보는 거 같아! 오소리 야, 이리 좀 와봐! 내려와 보라구! 쭈쭈쭈!"

단풍색 입술의 여자가 손짓을 한다. 울긋불긋 갑남을녀가 나에게 집중하며 웅성거리기 시작했다.

지랄한다.

나는 그들을 일별하고 뒤돌아섰다. 여름이 길어져 먹거리도 수월하게 사냥하고 나름 세상의 온난화를 즐기고 있었는데, 오늘 똥 밟았다.

어제 먹은 들쥐가 비려 고구마로 입가심이나 할까 하고 내려 왔더니 인간들을 너무 많이 만났다. 그냥 평소처럼 잤어야 했다. 한참 잘 시간인데 무슨 댓바람으로 기어 나왔는지 모르겠다. 어 젯밤 먹은 들쥐가 상한 놈들이었나? 굴로 돌아와 자리에 엎어졌 을 때도 분명히 아무 이상 없었는데… 뒤숭숭한 꿈을 꿨던 거 같다. 아침에 눈을 뜨고 그 이후 잠을 못 잤으니까. 그리고 얼마 안 되 서리 녹는 소리가 들렸지. 나뭇가지 사이로 스며드는 햇살 냄새도 맡았고. 아, 그래. 그 냄새 때문이었어.

내가 굴을 나왔을 때는 주위 삭정이 위로, 바위 위로 온기가 스며들고 있었다. 나는 발이 푹푹 빠지는 낙엽 더미를 헤치고 마을로 향했다. 내려오며 아침에 새로이 깨우친 것을 복습했다. 아침 햇살이 낙엽 더미에 내려앉으면 고구마 냄새가 난다는 거다. 그리고 육식 후엔 채식을 해야 한다는 거.

그런데, 염병, 사람 냄새가 훅 밀려들었다. 땀 냄새, 역한 꽃냄새, 그리고 점차 선명해지는 웅성거림. 사람이란 것들은 모두 마음에 들지 않았다. 물론 가뭄에 콩 나듯 한둘의 좋은 것들도 만나봤지만, 대부분이 쏙 알맹이 없는 허깨비들이다. 날궂이 하듯 가끔 한밤중에 촛대봉과 장터목 근처를 배회하는 허깨비들은 껍데기가 없는데, 이것들은 그 반대다. 사람이란 것들은 열등감으로 몸을 싸대고 두려움에 목소리를 높인다. 으르렁대는 위협에는 살기가 빠져있고 즐거워하는 탄성에는 경박함만 가득하다.

십여 년 전부터는 산에 오르는 것들 열 중 아홉이 사진사다. 산에 올라 찍는 건지 찍으려고 오르는지 유난히 플라스틱 쪼가리에 심취한다. 제 얼굴을 구겨 넣고 억지웃음을 짓는다. 아무

멋도 없는 계곡에, 나무에 조리개를 맞춘다.

하지만 사람이란 것들의 가장 큰 부덕은 소란이다. 저들만 언어가 있는 듯 쉴 새 없이 떠들어댄다. 물소리와 하늘소리, 숲속 친구들 소리와는 이질적인 부산한 소음이 나는 너무 싫다. 왱왱거리는 새끼들과 한참이나 어린 암수들과 부대끼는 게 싫어 고지대로 올라온 지 20년째다. 내가 유독 인간들의 소리에 예민을 떠는 이유다.

처음 인내를 맡았을 때 다른 길로 돌아야 했다. 따지자면, 아예 굴 밖으로 나오지 말았어야 했다. 햇살 냄새를 맡지 말았어야 했다. 생각 없이 내려온 게 실수였다. 한동안 너무 편하게 살았던 것 같다. 뭐, 이런들 저런들 지금이라도 피하는 게 상수다.

돌아서 몇 걸음 옮기지도 않았는데 왁자지껄 소란하다. '야 기철아, 야, 저걸 잡아서 뭐 해?', '어이. 국립공원 안에서 불법 포획, 채취는 징역 3년에 벌금 삼 천이야! 잡혀가! 하지마!', '오빠, 잡을 수 있으면 잡아주라', '야. 야. 알았어, 내가 잡아 줄게. 저놈 잡아 오소리감투를 만들어 줄게!', '하지마, 인마….'

뭐? 오소리감투? 푸히히힛! 정말 오랜만에 보는 말종이다. 그런데, 오소리감투를 아네? 나는 걸음을 멈추고 어떤 병신인지 확인한다. 짝눈에 입술이 얇고 볼살이 두툼하다. 마흔 중·후반으로 보이는 예닐곱 일행 중에 제일 건장한 몸뚱이다. 왕년에 한가닥 했나 봐? 난 실소를 흘리고 다시 걸음을 옮겼다. 뒤쪽에서 낙엽들이 버석거리고 잔가지가 부러지는 소리가 들린다. 흙이 밀리고 돌덩이가 굴러가는 소리, 땀내가 섞인 역한 인내도 올라왔다. 정말 나를 잡겠다며 올라오고 있다. 어이가 없어 잠시 멈췄던 나는 다시 걷기 시작했다. 보폭을 조금 빨리했다. 관목들을 헤집으며 열심히 쫓아오는 거친 숨소리가 들린다. 나는 그렇게 십여 미터를 종종거린 후, 뒤돌아서 놈과의 거리를 쟀다. 그리고, 놈을 향해 돌진했다. 이빨을 드러내고 서너 걸음 날 듯 뛰어오르며 달려드니 놈이 화들짝 놀란다. '어어, 이 새끼가…' 돌연한 공격에 적잖게 놀란 것 같다. 나를 잡겠다며 호기롭게 올라온 놈의 눈동자에 당혹함과 두려움이 어린다. 스틱을 휘두르며 예상 못 한 현실을 벗어나려 했지만 어림도 없는 수작이다. 초라한 반항에 불과할 뿐이다. 네 깜냥을 알았어야지. 어디 건방지게… 이빨을 쓰는 것도 낭비다. 난 내달린 기세 그대로 놈의 복부에 몸통을 부딪쳤다. 맘 같아선 가슴을 찢고 기어올라 목덜미를 물어뜯고 싶었으나, 뭐, 그 정도로 화가 난 것은 아니었다. 우리에겐 한 시절 공포와 혐오의 단어였던 오소리감투지만, 사람이나 우리나 지금 오소리감투가 뭔지 아는 놈이 얼마나 있겠는가. 나름 기특한 놈 아닌가. 그러니 목숨은 살려주겠다.

사실은 비린 게 안 땅겼는지도 모른다.

놈의 하복부를 오른쪽 어깨로 강타한 후 착지하는 순간 역한 냄새가 솟구쳤다. 똥내가 퍼지기 시작한다. 놈은 '억' 소리와 함께 힘겹게 올라온 비탈을 굴러 내려간다. 죽이려는 마음은 없었으니 죽든 살든 내 책임은 아니다. 뭐 그 정도 높이에서 굴렀다고 죽으면 그게 더 이상한 일이다. 하지만, 놈에게 부딪칠 때 감지한 공포의 농도로는, 아마 잘하면 죽을 수도 있을 것이다.

아래쪽 무리에서 새된 비명소리가 터지고 탄식과 웅성거림으로 어수선해지기 시작한다. 또 올라오는 놈이 있나, 잠시 놈들을 살펴봤지만 그럴 기미는 보이지 않는다. 앰뷸런스를 부르네, 마네 하며 허둥거리며 당황해하고 있을 뿐이다. 흙투성이가 되어 이마와 눈가가 찢어진 덩어리 놈이 부축을 받으며 몸을 일으키고 있다. 나는 다시 몸을 돌려 발걸음을 옮긴다. 써글, 안 뒈졌네.

성재는 원리 삼거리를 지나 친환경로에 접어들었다.

원리마을 표지석을 뒤로하고 직진한다. 덕천강 강변의 공사로 덤프트럭들이 분주하다. 삼장−금서 간 터널 공사에 강변 공사까지, 성재는 산청군이 제대로 일을 벌인다는 생각을 하면서도 이 공사들이 그렇게 긴요하고 급한 공사인가 하는 의구심을 떨쳐내지 못한다.

초록색 이정표에 거창, 산청, 대원사가 찍혀있다. 열어 놓은 차창으로 들어오는 풍절음이 요란하다. 바람이 제법 차네. 성재는 중얼거리며 차창을 올렸다.

지난 2월 이후 언제나 긴장하는 석남 사거리를 지난다. 우측 모퉁이에서 불쑥 나타난 사륜차를 발견하고, 갈지자 핸들링으로 간신히 사고를 면한 그날 이후, 성재는 석남 사거리께만 되면 저절로 긴장이 되었다. 소로에서 대로로 나설 때는 먼저 좌우를 살피는 것이 상식 아니던가. 대체 그 할망구는 뭘 믿고 사륜차를… 머리털이 곤두섰던 성재는 사륜차와 경운기가 보이면 일단 속도를 줄이기 시작했다. 좋은 습관이지만 스트레스다. 어쩌면 촌 생활 마지막 해에 그런 황당함을 겪은 것이 행운이라면 행운이었다. 서울의 지인들은 성재의 시골길 출퇴근 얘기에 '목가적인 낭만'이라며 드라이브를 부러워했지만, 성재는 한적한 시골길에서 여유를 느끼는 사람은 행락객뿐이라며 그들의 환상을 깨주었다.

성재가 1년을 출퇴근했던 길이다. 오늘은 의미가 남다르지만, 어쨌든 번거로운 일은 없었으면 한다. 성재는 도로 중앙선에 차의 미간을 맞춰놓고 달린다. 그리고 멀리, 넓게 시야를 유지한다.

송정마을 표석이 보인다. 삼장초등학교 앞의 과속방지라인을 지나 시속 30킬로미터로 규제하는 카메라에 최대한의 예의를 갖춘다.

몇 달 전까지 도로변 무질서한 주차로 차 한 대가 지나가기 어려웠던 길이 가을하늘처럼 시원하게 뚫려있다. 더위를 피해 소나무 숲 그늘 아래에서 바글대던 캠핑족이 빠진 송정 캠프장에는 서늘한 물소리만 흐르고 있었다. 성재는 엊그제 같았던 여름을 떠올리며 시간이 참 빠르게 흐른다고 느꼈다.

이분 여를 올라가니 대원사 삼거리가 나온다. 반달곰, 명상마을 표지석을 지나 좌회전을 해 명상교를 맞는다. 명상이 정좌해 내면을 관하는 그 명상인지 모르겠다. 성재는 그 명상이라면 이건 웃긴다라는 생각이 들었다. 아무리 주위를 둘러봐도 명상거리는 없어 보인다. 뜬금없는 마을 이름인 것 같았다.

죽전마을로 들어서니 도로 좌우의 감나무밭에는 수확이 끝난 빈 나무 아래마다 감 껍질이 한 무더기씩 쌓여 있다. 성재는 감나무 퇴비로는 감 껍질이 최고라는 아랫집 종수의 가르침이 떠올랐다. 제 몸에서 난 부산물이 제일 좋다라, 선뜻 이해가 가지 않은 성재였지만, 의문보다는 긍정이 필요한 때였다. 그리고 이

후 적절한 설명은 하지 못해도 역시 감나무에는 감 껍질이 좋다라는 경험적 결론에 성재 역시 동의했다.

산청군의 감 수확은 열흘 전에 끝났다. 감을 깎아 너는 것도 지난주에 이미 끝났을 터이다. 가속기를 살짝 밟자 차가 털털거리기 시작했다. 성재는 계기판을 살핀다. rpm 1700 정도로 보였다. 언제부터인지 rpm 2000이 채 안 되는 구간에서 차가 털털거리기 시작했다. 내년이면 10년째다. 머저리 주인 만나 네놈도 고생이 많다. 성재는 중얼거린다. 아무리 생각해도 바보 주인이 맞다. 성재는 헛웃음을 내뱉는다. 그리고, 미안한 느낌이 들었다. 5년 전 음주운전으로 전봇대를 들이받고 차를 병신으로 만들었던 일이 떠올랐다. 한 달 동안 정비소에 입고된 채 엔진을 들어내고 전체 프레임 교정을 했다. 그럼에도 조수석 앞바퀴의 휘어진 축은 끝내 고치지 못했다. 지금도 오른쪽으로 쏠리지만, 휠얼라이먼트를 할 수 없는 차가 되었다. 뿐인가. 교체 이외는 답이 없는 문짝 부식, 변속기 교체로 인한 쿨럭거림, 마르고 거친 엔진음… 나름 최선을 다해 관리를 했지만 돌이켜보니 중병의 임시처방만 했을 뿐이다. 온몸에 흐르는 땟자국과 상처들, 내부의 쓰레기와 담뱃신, 산 중턱 돌밭을 누빈 여러 흔적들… 소소한 케어는 하지 못했다. 며칠 전 엔진오일 교체 시 성재가 확인한 범

퍼 하단부의 깊고 난잡하게 파인 흠집들과 덮개의 파열은 누가 볼까 부끄러울 정도였다.

미안하다. 미안해. 차도 주인 따라가는 거지. 성재는 계기판에 노랗게 떠있는 돼지꼬리 경고등을 보며 사과를 한다.

가로수가 주목이다. 늦가을임에도 여전히 푸르다.

소막골야영장 주차장에 도착했다. 삼장 탐방 지원센터라는 국립공원의 안내소가 보인다. 성재는 가속기를 힘주어 밟았다. 지쳐 골골거리던 화물형 SUV가 덜컥거리며 기어를 바꾼다. 좌측 계곡이 깊어지고 있다.

우회전 좌회전, 구비치는 산로는 2.5톤짜리 트럭 한 대가 들어서면 꽉 찰 것이다. 다행히 교차할 수 있는 여백의 공간이 간간이 마련되어 있기는 했다. 대원사에 가까워지자 못 보던 낙석방지 펜스가 설치되어 있다. 지난 초여름, 좁은 산길에서 분주했던 공사 차량들의 행적인 듯하다. 대원교를 건너니 계곡은 오른쪽으로 자리를 옮긴다. 길은 넓어지고 도로 중앙에는 일주문이 서 있다. 세속의 번뇌를 털어내고 입장하는 도량의 첫 관문은 오름과 내림의 구별을 짓는 분리대 역할을 하고 있었다. 아니지, 수행자는 일주문을 지날 것이다. 성재는 일주문의 입지가 범부

중생의 왕래를 위한 보리심의 발현일 것이라고 믿는다.

대원사에 정차한 후 약수를 떠 마셨다. 산물, 약수. 약수라…
무슨 의미가 있을까 싶지만 당장 목이 마르다. 성재는 새삼 기온
이 많이 떨어졌음을 느꼈다. 청량한 가을 햇살과 무관한 매운 바
람이 경내를 넘나들고 있었다.

주차장에 낙엽들이 몰려다닌다. 산청대로에서 경주하던 낙엽
들처럼 바닥을 휘돌고 있다. 경주라기보다는 달리고 구르고, 사
방으로 날뛰다가 바람을 타고 치솟고, 또다시 맹렬하게 바닥을
질주하며 휘돌아 치는 군무다. 성재가 산청에 터를 잡고 처음 본
광경 중에 하나다. 언젠가 서울의 아내는 그의 얘기에, 한낱 바
람에 쓸려 도로 위를 뒹구는 낙엽들을 보고 무슨 '군무'씩이나
거창한 이름을 붙이냐며 웃었지만, 그건 모르는 말이었다. 지리
산의 바람은 도시의 빽빽한 시멘트 덩어리들 사이를 휘도는 칼
바람이 아니다. 시청 광장을 우왕좌왕하다 차량에 밀려 덕수궁
돌담에 튕겨져 은행잎을 몰고 다니는 잡스런 바람이 아니다. 강
바람을 안고 매연을 뒤집어쓰며 즐기는 한강공원의 바람춤이 아
니다.

산청대로가 군에서 상대적으로 교통량이 많은 도로임은 분명
하지만, 서울에 댈 것은 아니다. 절반 이상의 차가 시속 100킬로

미터로 달리는, 시속 80킬로 제한의 도로이긴 하지만 그들이 산청대로 위에서 너울거리는 바람에 영향을 끼칠 순 없다. 낙엽들은 산청대로 위에서 깡총거리고, 줄달음을 치고, 하늘로 치솟으며 강강술래를 돌았다. 산청의 바람은 유난히 흥이 많은 것 같았다. 대원사 주차장에서도 바람은 낙엽과 춤을 추고 있었다.

성재는 다시 차에 올랐다. 유평마을은 1.5km, 새재는 5.5km가 남았다는 표지판이 보인다. 유평마을의 펜션, 음식점을 알리는 표지도 나란히 서 있다.

도로를 타기 시작하는 SUV의 우측으로 수십 미터의 아름드리 적송 몇 그루가 위엄을 드러낸다. 낙랑장송이라 했나. 수피의 깊은 주름과 위로 갈수록 검붉어지는 백년송은 침묵의 위엄으로 객을 맞이하고 있다.

대원사 계곡은 옥빛으로 빛나고 있다. 11월 중순의 맑은 하늘이 계곡의 속살을 비추고 있었다. 아무렇게나 자리한 집채만 한 바윗덩어리들도 배꼽을 드러내고 뒹굴고 있다. 이런저런 일로 예닐곱 번은 왕래한 곳이지만 성재는 매번 처음처럼 감탄을 한다. 이백여 미터를 오르니 작년 초여름 성재와 띠동갑인 백 선배와 피서를 했던 장소가 나타났다. 소위 역학易學을 하는 백 선배는 팬티 바람으로 이층집만 한 바위에 가부좌를 틀고 명상에 빠졌고, 성재는 햇살로 적당히 달구어진 너른 바위 위에서 몸을 굴리며 온기를 즐겼었다. '성재야. 알겠냐. 자고로 오래된 큰 바우엔 천지간 기가 응축되어 있는 거여. 특히 이 대원사 계곡은 명불허전 지리산, 그것도 천왕봉의 기가 흐르는 명당이니 여기서 한 호흡 가득 담고 가야 쓰겠다'라는 것이 선배의 입선게入禪偈였다.

성재는 선배의 병명을 기억하려 애썼다. 무슨 골수염이라 했는데 기억이 나질 않았다. 당시에도 그는 그냥 백혈병이라고 했다. 그리고, 바위에서 가부좌를 틀던 날은 마침 담당의가 통보한 잔여기간 6개월을 훌쩍 지난, 꼭 삼 년째 되는 날이었다고 했다. 백 선배는 며칠 전 무등산 정상이라며 동창회 단톡방에 자신의 사진을 올렸다. 선배를 생각하니 성재의 마음이 무거워졌다. 잘하는 짓인지 모르겠다. 정답인지도 모르겠다. 정말 내가 원하는 일인지, 회의감이 그의 가슴에 차오르기 시작했다. 성재는 머리를 흔들며 백 선배를 떨쳐냈다.

얼마 지나지 않아 회차 가능한 갑을 주차장이 나타났다. 이어 유평 탐방로와 새재의 갈림길이 나오고 치밭목 대피소 6.2km, 새재마을 3.9km가 남았다는 이정표가 보인다. 대원사에서 겨우 1.5킬로미터 올라왔다. 한참이나 올라온 것 같은데, 경관을 감상하다 보니 그런 것 같다. 흡사 낼모레 반백 년이 되는 인생이건만 아직도 한 달 한 달을 간신히 살아가는 자신의 처지와 겹쳐 보인다. 계곡과 단풍에 홀리듯 그렇게까지 한눈팔지는 않았던 것 같은데⋯ 이젠 지쳤다.

아직 더 올라야 한다. 외길 양편으로 늘어선 유평마을의 상점들이 눈에 들어온다. 문득 모친의 얘기가 떠올랐다.

진주가 고향인 그녀에 의하면 진주에선 아이들이 애를 먹이면 덕산에 버리고 온다고 겁을 줬단다. 그럼 울던 애들이 울음을 멈추고 고분해졌다고 한다. 그런데, 덕산 사람들도 마찬가지로 자식들이 고집을 부릴 때면 저어기 대원사 화전촌에 버리겠다고 으름장을 놓았다고 한다. 진주에서는 시천면인 덕산이 백릿길 골짝을 넘어 들어가는 깡촌이었고, 그 깡촌 사람들한테는 삼장면 대원사 위의 화전촌, 지금의 유평마을이 산골 구석 중의 구석이었던 거다. 하지만, 그 화전마을은 이미 펜션촌이 되어버린 지 오래다. 진주에서 유평까지 두 시간이 채 걸리지 않는 요즘에는 어디로 갖다 버린다고 할까. 성재는 한가로운 의문이 들었다. 한편으로는 육십여 년 전의 이곳은 어땠을까 궁금하기도 했다.

오전의 햇살에 온기가 더해지고 있었다.

마을을 지나 몇 분쯤 올랐을까. 한 무리의 등산객들이 웅성거리고 있다. 체격이 좋은 중년의 남자 하나가 부축을 받으며 마을 쪽으로 내려오고 있었다. 낙상을 한 모양이다. 그런데, 낙상이라면 계곡 쪽에서 일이 났을 것인데, 그렇다면 저렇게 걷는 건 불가능할 것이다. 성재는 차로 이송해줄까 잠시 갈등했지만, 그냥 모른 척하기로 했다. 일행을 태울 공간도 없을뿐더러 무슨 오지랖이냐 싶었다. 성재는 차를 한 켠에 대고 그들의 동선을 확보해주었다.

'그게, 그냥 짐승이 아닌 거여, 눈빛이 한 백 년은 묵은 것처럼 보였다니까, 어이구⋯', '야 인마, 애도 아니고, 그걸 뭐하러 잡겠다고 객기를 부려 이 사단을 만드냐.', '하하. 저거, 아직 철이 안 나서 그래!'

지나치는 남자들의 얘기가 차창을 밀고 들어왔다. 뭘 잡으려고 비탈을 올라갔군. 내 또래인 것 같은데 아직 기운이 넘치나 보다. 성재는 기분이 더 가라앉는다.

삼거리 자연마을 안내표지가 나온다. 일하상회 주차장을 지나 백여 미터 전진하니 기압 차로 귀가 간질거리고 먹먹해진다. 해발고도 563미터.

새재교를 지나니 계곡은 다시 왼쪽으로 자리를 옮기고 조금 가파른 오름길로 진입한다. 성재는 적당히 긴장하며 차를 감속

한다. 좁고 가파른 외길인데 위에서 뭣이라도 내려오면 여간 귀찮아지는 것이 아니다.

도로의 끝이 보인다. 해발고도 710미터.

길이 끊어지는 위로 펜션 하나가 더 서 있다. 하늘 아래 첫 번째 여관이란다. 백여 미터 아래 펜션의 간판에도 하늘 아래 첫 번째라고 적혀 있었다. 새재 마을은 매년 하늘과 가까워진다.

성재는 조개골 산장 밑의 공터에 차를 주차했다. 지리산 골짝에 조개골이 무슨 뜻인지 궁금했지만 신경을 끈다. 그거 안다고 새롭게 변할 것은 없다. 슬리퍼를 운동화로 갈아 신고 점퍼를 접어 백팩에 집어넣었다. 건너 식당의 수족관이 성재의 눈에 들어왔다. 민물 잡어를 파는 가게의 수족관에는 독중개, 쉬리와 산천어, 피라미들이 헤엄을 치고 있었다. 시장기를 느꼈지만 역시 욕망을 접는다. 찬 것보다는 빈 것이 여러 사람 편하게 할 것이라는 생각이 들었다. 자. 이제 오르기만 하면 된다.

성재는 천왕봉 8.8km라는 도로 이정표의 화살을 따라 오솔길로 접어들었다.

원래 우리는 낮에 사냥하는 것을 즐기지 않는다. 천생이 눈이 어두워 주로 밤에 청각과 후각을 이용해 사냥을 한다. 하지만,

나처럼 한 50년을 넘게 살면 눈이 어둡다는 것에 별로 영향을 받지 않는다. 확실히 무리를 떠나 홀로 유유자적하니 스트레스를 덜 받는가, 몸 상태가 많이 좋아졌다. 물론 내가 정상이라고는 생각지 않는다. 오소리들은 무리생활이 기본이다.

시러배 잡놈 하나를 내꽂은 후 고구마에 대한 열망이 사라졌다. 조 씨네 고구마밭까지 다시 내려가기도 귀찮아졌다. 그렇다고 다시 굴로 돌아가는 것도 마음이 내키지 않았다. 문득 오래간만에 왕봉에 있는 굴에서 쉬는 것도 나쁘지 않겠다는 생각이 들었다. 나는 계곡을 타고 왕봉을 향했다. 그리고 운 좋게 새재어름에서 꽃뱀을 한 마리 잡았다. 살모사보다는 감칠맛이 덜하지만, 그냥저냥 먹을 만했다. 물론 들쥐보다는 훨씬 고급스런 먹이다. 한 마리를 그 자리에서 다 먹어 치웠다. 포만감으로 기분이 좋아졌다. 1미터가 넘으니 꽃뱀치곤 크기가 꽤 큰 편이었다. 이놈도 조금 묵은 놈 같아서 미안하긴 한 데, 할 수 없는 일이다. 겨울로 들어서는 계절에는 뭐든 보이면 보이는 대로 먹어야 한다. 몸을 채워야 한다.

나한테는 고마운 일이지만, 남들 다 동면하러 기어들어 간 판에 혼자 쭝뿔났냐고 나댕긴 꽃뱀 니도 책임은 있다.

배를 채우고 나니 슬슬 졸음이 밀려왔다. 난 왕봉의 굴로 가겠다는 계획을 조금 수정했다. 한숨 자고 가자.

　난 적당한 굴을 찾아 산을 올랐고 얼마 안 가 낙엽송 아래 바위 틈새로 적당한 자리를 찾았다. 잠이 든지 얼마나 됐을까. 심한 비린내와 부스럭거리는 발자국 소리에 잠이 깼다. 모른척 하고 다시 눈을 감는데, 콧속을 파고드는 냄새가 여간 신경이 쓰이지 않는다. 처음엔 사람 비린내만 났는데 맡을수록 여러 가지 냄새가 섞여 있는 거다. 까마귀 냄새도 나고, 바위 냄새도 나고, 오소리 냄새도 났다. 그러고 보니 그 허깨비 냄새도 섞여 있었다. 어? 이 냄새는? 난 조용히 몸을 일으켜 냄새의 진원지를 확인했다. 오전에 들이받은 놈과 비슷한 덩치의 중년이 올라오고 있었다. 빨리 정상에 오르기 위해 열심히 걷는 것은 아니다. 그렇다고 사진을 찍느라 여기저기 카메라를 들이대지도 않았다. 그저 바닥만 노려보며 일정한 속도로 걸음을 옮기고 있었다. 몸을 숨긴 바위 옆으로 지나가는 놈의 얼굴을 보니 눈 밑으로, 코 밑으로 깊은 팔자주름이 있다. 더럽게 생긴 얼굴이다. 가까워진 놈에게서 비릿한 인내와 썩은 비자나무 향 같은 허깨비 냄새가 진하게 풍겨왔다. 참, 너무도 오랜만에 맡아보는 냄새다. 이십 년도 넘은 것 같다. 그때 비슷한 냄새를 피우던 놈은 촛대봉 인근에서 목을 맸었다. 바위 옆을 지나던 놈이 멈춰 섰다. 놈이 나를 볼 수 있는 위치는 아니다. 놈은 잠시 두리번거리더니 담배를 하나 꺼내 물고 불을 붙인다. 그리고 다시 오르기 시작했다. 이 썩을 놈이, 국립공원 안에서는 금연인 것도 모르나. 암튼 제대로 된 놈들이 없다니까.

내 눈은 초롱초롱해졌다. 그러잖아도 오전에 그 잡놈이 죽지 않은 게 조금 아쉽기도 한참인데, 이렇게 제 목숨을 스스로 버리려고 하는 놈이 나타났으니 어찌 흥분하지 않을 수 있겠는가.

나는 몸을 두어 번 털고 기지개를 켠 뒤 놈을 따라나선다. 아마 재밌는 구경을 할 수 있을 것 같다.

성재는 한 시간 이상 걸은 것 같았다. 군 시절 산악 행군 기준이 1시간 5킬로였으니, 그래도 한 3킬로는 오지 않았을까. 그는 가쁜 숨을 몰아쉬며 걸음을 옮겼다. 조금 무리하게 몸을 움직일 때면 이제 다 된 것 같다는 생각이 든다. 모든 게 쇠락하고 있다.

어디쯤인지 감을 잡을 수 없다. 성재는 스마트 폰으로 위치를 확인해볼까 하는 마음이 들었지만, 외길인데 어디로 샐까 싶어 생각을 접는다. 낙엽송들이 군데군데 서 있다. 바람을 타고 누런 잎새들이 떨어지고 있었다. 바람의 춤은 볼 수 없다.

바위 무더기 한 곳을 지나가던 성재는 문득 이질적인 온기를 느낀다. 따뜻한 미풍 같은 온기. 환하게 햇빛이 내리는 곳이 아닌데, 왼쪽 볼을 어루만지듯 스치는 온기를 느꼈다. 뭐지? 성재는 걸음을 멈추고 주위를 둘러본다. 온기를 뿜을 만한 것은 아무것도 보이지 않았다. 분명히 따뜻한 바람이었는데… . 성재는 담배를 한 대 물고 다시 걸음을 옮겼다.

어렴풋이 잡히던 하늘이 정상에서 빗장을 열었다.

청명하기 그지없는 날이다.

뛸 때 뛰더라도 시야에 들이치는 장관을 밀어낼 필요는 없다.

지리산은 땅에서 가을을 빨아 하늘로 내뿜고 있었다.

여기가 남쪽이겠구나. 저게 덕산인가? 이쪽은 산줄기, 발아래 산맥들이 굽이치고 있다. 낮은 구름 한 무리가 부유하고 있다. 해발 1915미터.

성재는 지리산 천왕봉의 정상석을 쓰다듬어 본다. 백두산, 한라산과 함께 3신산의 하나. 3대의 덕을 쌓아야 일출을 볼 수 있다는 지리산 천왕봉이다. 성재는 이십여 년 전 대학 동기들과 함께 천왕봉에서 일출을 맞았던 그날의 감동이 생생하게 살아남을 느낀다.

성재는 정상의 매서운 바람 속에서 온기를 느낄 수 있었다.

더불어 이 자리가 바람의 춤이 시작되는 곳이라 확신을 한다.

천왕봉 그의 발아래 세상 유정有情들의 번뇌가 옹알거리고 있었다.

성재의 머릿속이 비워지고 있었다.

대여섯 무리의 산객들이 저마다 사진촬영에 여념이 없다. 하지만 아무도 나를 알아채지 못한다. 나는 지금 왕봉에서 내려가는 중이다.

뭐, 나도 간만에 왕봉에 오르니 기분이 상쾌해지긴 했지만, 소득 없이 내려가는 것에는 조금 짜증이 난다. 놈을 꾸준히 쫓아 왕봉의 정상까지 올랐지만, 역시 사람이란 것들은 믿을 수 없는 것들이다. 그리 쉽게 돌변할 줄 누가 짐작이나 했겠는가.

놈의 냄새가 왕봉 정상에서 완전히 변해버렸다.

퀴퀴하게 놈을 싸고돌던 허깨비 냄새가 어디론가 다 사라졌다. 그리고 하늘내와 흙내가 섞인 싱그러운 향이 나기 시작했다. 이래서 인간이란 것들은…

써글…

붕괴

그라인더를 쓰지 않고 일부러 숫돌을 꺼냈다.

서걱거리며 숫돌 위를 오가는 쇠붙이에서 녹물이 흐른다. 손잡이가 빠지고 토막 난 낫에 생기가 돌기 시작했다. 아파트 머리 위로 떨어지고 있는 태양이 붉은 꼬리를 남기고 있었다. 결정한 일이다. 처음이자 마지막으로.

50 평생을, 이렇게 저렇게 양보하고 배려하며 살았다. 조금 손해를 보더라도, 가끔씩 손님들에게 자존심이 구겨지고 굴욕적인 경우를 당하더라도, 돈이 없어 대학을 포기하고 군대를 택했을 때도, 내가 먹여 살린, 사랑하는 사람들에게 많이 섭섭했을 때에도 참고 사는 게 당연하다 여겼다. 모름지기 이 땅에서 가장이라 불리는 남자라면 모두 그렇게 살고 있다고 했다. 그도 그렇

게 생각했다.

30대 중반에 최연소 대기업 임원으로 발탁되어 성공신화라며 각종 지면에 얼굴을 도배하던 초등학교 동기도, 명문대 교수로 재직 중인 고등학교 동창 놈도 나처럼 그냥 그렇게 지낸다고 했다. 연봉과 사회적 지위에 현격한 차이가 있는데도 말이다.

하지만, 그 누구도 나처럼 이렇게 모욕당하진 않았을 것이다. 그건 확실하다.

"누구야? 딸 왔어?"

현관으로 들어서는 기석을 달뜬 목소리가 맞이했다. 세 살 먹은 말티즈 '까뮈'가 꼬리를 치며 뛰어나와 기석의 주위를 겅중거리고 뛰어다녔다. 성대 수술을 하지 않았다면 온 집안에 녀석의 반가움이 차고 넘쳤을 것이다. 늦거나 이르거나 한결같은 소란함으로 그의 귀가를 반기는 까뮈다. 발에 슬리퍼를 꿰며 기석은 까뮈의 머리를 쓰다듬었다.

"못 들었어? 왔으면 왔다고 얘기를 해야지, 엄마가…"

얼굴을 비스듬히 젖히고 귀걸이를 끼우며 나오던 아내가 그를 보자 이내 얼굴을 굳히곤 다시 안방으로 들어갔다. '지랄하네.' 작업복을 벗어 소파에 던지며 기석이 웅얼거렸다. 그녀가 들으면 피곤하기에 혼잣말로 짓이겨 버린다. 방으로 들어간 지 5분도 안 되어 아내는 핑크색 블라우스와 플레어스커트, 검정 스타킹으로 한껏 꾸민 채 핸드백인지 서류 가방인지 모를 커다란 백을 메고 현관으로 향했다. 언제나처럼 기석에게 간다 온다 인사 따위는 없다. 까뀌가 종종거리며 그녀 뒤를 좇아 배웅을 한다.

"후―"

정말 지랄 같다. 기석은 답답했다.

3년 전, 아내의 나이가 정확히 42세 되던 해 그녀는 대학원에 진학했다. 명문대는 아니었지만, 서울 중위권 대학의 사회복지대학원이다. 그리고 지금은 논문학기라 했다. 석사 논문을 쓰는 것이 그렇게도 어려운 일인지 기석으로서는 알 수 없는 일이다. 논문을 쓰기 시작한 지 벌써 5개월째다. 지도교수와 논문 심사 교수들과의 친목도모도 필수라 했다. 대학 문턱을 넘어서 본 적 없는 기석은 그런 아내의 말을 믿을 수밖에 없었다. 물론 혼란스런 머리와 달리 가슴은 '믿을 수 없다'로 애저녁에 입장을 굳히기는 했지만 말이다.

기석이 느끼는 번뇌와 피로의 시작은 초등학교 동창인 영수로부터 시작했다.

작년 가을, 최고 브랜드의 럭셔리한 대형 세단이 기석의 정비소를 찾았다. 서울 변두리에 사는 것이 고만고만한 동네에, 갓 출고한 듯 번쩍거리는 엠블럼을 달고 나타난 12기통의 세단은 흔히 볼 수 있는 차가 아니었다. 정비소의 주 고객은 대부분 1톤 트럭과 중소형 차들이 대부분이었다. 동네 정비소에서 정비를 할 차 아님을 알기에 직원들은 세단의 차주가 다가오는 것에 긴장을 하였지만, 다행히 차량의 결함은 단순한 타이어 펑크였다. 차주는 명품으로 두른 옷차림과는 달리 인상은 의외로 털털한 모습이었다.

바퀴에 그냥 '지렁이' 하나 꽂아 달라며 대수롭지 않게 정비를 요구했다.

타이어가 찢어지지 않는 한 어지간한 펑크는 자체적으로 복구 할 수 있는 고가의 기능성 타이어를 기본으로 장착하는 차가, 펑크를 때운다기에 기석은 사무실 밖으로 나와 바퀴의 상태를 살폈다. 기능성 타이어가 아닌 일반 국산 타이어였다. 물론 최고가 트림에 있는 모델이다.

"어이! 니 김기석이 맞지?"

대뜸 걸걸한 목소리가 기석의 뒤통수를 쳤다. 놀라 돌아선 기석의 앞에 활짝 웃고 있는 차주의 얼굴이 들어왔다.

"야, 나 고영수야. 세일초등학교 6학년 5반!"

살집이 있던 차주의 얼굴에서 주름과 지방이 떨어져 나가고, 까맣고 다부진 얼굴에 짝눈을 하고 있는 13살 고영수의 얼굴이 드러났다.

"어이구, 이게 누구야. 영수네. 이야~ 오랜만이다."

기석은 영수의 손을 맞잡고 흔들며 37년 만의 재회를 기뻐했다. 그날 그들은 시간을 맞춰 퇴근을 하고, 다음날 새벽까지 쌓여가는 맥주병들과 함께 추억을 공유했다. 그날 이후 기석은 처음으로 통화와 '카톡' 이외에 '밴드'라는 스마트폰의 어플을 사용하기 시작했다. 그리고 영수의 안내로 연말의 초등학교 부부동반 송년회에 참석했다. 기석의 우울증과 번민이 시작된 모임이다.

30여 년 만에 만나는 초등학교 동창생들은 반갑기 그지없었다. 시간이 흘렀어도 옛 모습은 사라지지 않았다. 더군다나 3년간 딸 혜연의 어학연수를 동행했던 아내가 송년회에서 딸 바라지 당시의 친구를 만날 줄 기석은 상상도 못 했다. 아내의 친구가 초등학교 동창 박준식의 아내라니. 기러기 아빠 생활 3년 동안 줄담배만 피워댄 놈이 나 말고 또 있었다는 것에 얼굴만 알고 지내던 준식에게 갑작스런 동료애와 우정이 솟아났다.

아이들이 어학연수를 한 곳은 필리핀이었다. 더욱이 같은 학교 같은 학급에서 수업을 받았다고 하니 기석과 준식은 애비들에 이어 자식들까지 동창이 됐다고 건배를 했다.

송년회에서 옷매무새와 자세를 다잡으며 긴장했던 기석의 아내는 준식의 와이프를 알아본 후 얼싸안으며 반가워했다. 그리고 그녀들은 기석과 준식에게 둘만의 회포를 풀겠다며 송년회장 인근의 카페로 자리를 옮겼고, 남편들을 각자의 집으로 먼저 귀가하게 했다. 새벽 한 시경 전화한 기석의 아내는 오늘 집에 들어가지 못하겠다. 유진 엄마랑 술 한 잔 더하고 찜질방에서 잘 것이라는 통보를 했다. 사족으로 당신도 영수 씨와 날 새지 않았냐는 멘트를 잊지 않았다.

송년회 후에도 그녀들은 자주 만났다. 1주일에 두어 번 정기적으로 만나는 모임을 만든 듯했다.

1월 중순, 기석의 아내는 금빛봉사단이라는 단체에 가입했다며, 지역의 노인복지관과 장애인복지관을 정기적으로 방문하여 봉사활동을 하게 되었노라고, 가족들 앞에서 자랑스레 자신의 신년계획을 발표했다. 뭔가 사회에 도움이 되는 가치 있는 삶을 살겠다고 했다.

기석은 당신은 이미 혜연의 엄마로서 지금까지도 충분히 의미 있는 삶을 살았고 또한 살고 있다고 칭찬과 격려를 아끼지 않았다. 하루걸러 집 밖으로 돌기 시작하는 아내의 생활이 마뜩잖았다.

금빛봉사단이 지역 국회의원의 대외 홍보와 당원 모집을 위해 만든 공공연한 단체라는 것과, 유진엄마가 그 봉사단의 중간 관리자란 점은 아내가 주장하는 가치 있는 봉사의 삶과는 조금 차이가 있다고 느꼈기 때문이다. 하지만, 자신의 소명을 찾은 듯 자못 비장한 아내 앞에서는 아무런 말도 할 수 없었다. 외려 자신이 너무 배배꼬인 생각만 하는 게 아닌가 하고 머쓱해졌다.

그해 봄, 기석의 아내 이춘영은 사회복지대학원에 진학을 했다.

봉사활동만으론 부족하다고 느꼈단다. 보다 전문적인 공부를 해서 개인적인 봉사보다 사회적으로 훨씬 더 유용한 가치를 만들어 낼 수 있다며 자신의 결정을 응원해 달라고 했다.

기석의 집에 예정에 없던 대학원생이 생겼다.

"이야 모두 대학생들이네? 그러고 보니 고졸은 나뿐이네? 아! 맞다. 까뮈 있었지? 야, 까뮈야. 니가 가방끈이 세일 짧다."

개강 시즌, 텅 빈 집으로 들어서며 꼬리치는 까뮈에게 농을 건

네는 기석이었다.

　대학원생 이춘영의 학교생활은 즐거워 보였다.

　하드커버의 두꺼운 전공 서적을 놓고 밑줄을 그어가며 공부하는 모습이 기석에게 더 이상 낯설게 보이지 않았다.

　기석의 아내는 경상도 한촌閑村의 농가에서 3남매의 장녀로 태어났다. 그녀는 고등학교를 마치고 인근 도시에 취업해 실질적인 가장 역할을 하며 동생들을 건사했다. 그녀는 가난 때문에 접은 공부에 미련이 많았다. 고등학교를 졸업하고 직장생활을 하며 4년 만에 방통대 학사학위를 받은 것을 보면, 그녀는 단순한 공부에 대한 미련이 아니라 천성적으로 넘치는 향학열을 가졌다고 봐야 할 것이다. 강단이 있는 여자였다. 또한 춘영의 향학열과 적극성은 기석이 그녀에게 구애를 한 가장 큰 이유였다.

　기석은 대학원 생활에 열심인 아내를 보며 대리만족을 했다. 그녀에게 대학원 생활이란 방송통신대의 학사로는 충족시킬 수 없었던 대학의 낭만이었으며, 주린 배움의 갈증을 해소해주는 오아시스일 것이라 여겼다.

　그런데, 문득 세미나가 유독 잦다는 의아심이 들었다. 기석의 아내는 5월 중간고사가 끝난 후 1박 2일의 세미나를 시작으로 2

학기에 들어서는 두 달에 한 번꼴로 1박 2일, 2박 3일의 세미나에 참석하곤 했다. 기석에게 세미나 일정표를 보여주며 전체적인 설명을 해주던 아내는 10월에 접어들면서 간단하게 세미나 참석을 통보했다. 3학기가 끝날 즈음부터는 아예 한 달에 한 번 정도씩 논문에 관계되는 스터디 운운하며 이런저런 이유로 외박을 하곤 했다. 기석은 딸에게 대학원생은 세미나가 그리 잦은 거냐며 물어보았지만 혜연은 아무렇지도 않게 전공 특성상 그럴 수 있다는 대답을 했다.

기석은 중학교 때까지 전교에서 상위권 성적을 놓치지 않았다. 그러나, 고등학교 진학 후 부친의 사업부도와 연이은 사망으로 대학진학을 포기했고, 삼남매의 맏이로 아르바이트를 하며 집안을 돌보았다. 군 전역 후에는 살기 위해 안 해 본 일이 없을 정도로 전력으로 하루하루를 살았다.

기석은 가끔 과거를 떠올리며 묘한 성취감을 느꼈다. 또한 자신의 삶에 이즈음처럼 여유롭고 안락한 시절이 있다는 것에 낯설어했다. 무남독녀인 딸 혜연의 어학연수를 미국이나 영국이 아닌 필리핀으로 보내며 미안함을 갖긴 했지만, 그래도 기름밥을 먹고 사는 처지에 월 500만 원의 어학연수 정도면 최선을 다

하지 않았는가 하는 자기 위로 또한 잊지 않았다.

　모녀가 어학연수를 떠난 27평의 아파트는 기석이 혼자 살기에 너무 넓었다. 그리고 외로웠다.

　기석은 아파트를 월세로 내놓고 원룸으로 거처를 옮겼다. 다행히 기석의 정비소는 큰 부침 없이 운영되었다. 물론 직원 두 명의 월급과 매달 송금하는 학비를 대기 위해서는 자린고비 생활이 필수였다. 모녀는 1년에 두 번씩 귀국을 했고, 기석은 3년간 아빠의 임무를 수행했다. 딸아이도 사고 한번 없이 어학연수를 끝내 부모의 믿음을 져버리지 않았고, 귀국 후에는 서울의 중위권 대학에 무난히 입학을 할 수 있었다.

　기석은 가장으로서의 책임과 사랑으로 딸과 아내가 자신의 꿈을 이루며 살고 있다는 것에 성취감과 자부심을 느꼈다.

　대학생 딸과 대학원생 아내와 사는 생활에 큰 불만은 없었다.

　다만, 아내가 대학원에 진학 후 부부관계가 급격히 끊어진 것에 대해 섭섭함을 느끼고 있었다. 서로의 자리에서 딸애를 뒷바라지한 3년간의 공백이 원인이었는지, 어느덧 두 사람의 뜨거웠던 사랑은 색이 바래져있었고, 그저 같은 지붕 밑의 절친한 룸메이트로 살아가는 모양새였기 때문이다.

나이를 먹고 젊은 몸이 아니라는 것은 기석도 당연히 알고 있었다. 하지만, 아내와 연애를 하던 시절의 타오르던 정열만큼은 아니라도, 그렇다고 아예 스킨십을 통한 애정을 확인하고픈 욕구마저 사라진 것은 아니었다.

기러기 아빠 시절, 기석은 한 달에 두어 번의 자위로 그 욕구를 해소했다. 집창촌이나 소위 '오피'는 생각도 하지 않았다. 어쩌다 친구라도 만나 술을 하게 되면 적당한 선에서 냉정하게 일어섰다. 기분대로 달리다 보면 자신을 제어할 수 없게 될 것이 너무나 명확했던 지라, 철저하게 자신을 통제했다. 아내가 귀국 후 기석은 3년간의 갈망을 그녀에게 쏟아부었고, 춘영 역시 남편의 품 안에서 온몸으로 그의 사랑을 확인했다.

그러던 아내가 봉사활동을 하며 조금씩 멀어져가기 시작했다. 피곤해서 그러려니 했다.

하지만, 대학원에 진학한 후에는 모든 스킨십이 완전히 끊어져 버렸다.

남편의 일방적인 성관계도 성폭력이라는 것은 기석도 알고 있었다. 하지만, 분위기를 잡고 다가갔을 때 내켜 하지 않는 아내의 눈빛을 마주하면 강제는커녕 언제 욕구가 있었는지도 모를 정도로 빠르게 식어버리는 기석이었다. 그리고 구겨진 자존심을 안고 발길을 돌렸다.

그럴 때면 '그래, 피곤할 텐데…' 하며 말꼬리를 흐리며 방을 나서 물이나 맥주로 갈증을 달랬다. 빌어먹을 욕구가 사라지는 건 순간이었다. 하지만 섭섭함과 모멸감은 30분이 지나도 사라지지 않았다.

―인생의 동반자, 하나뿐인 내 사람이다. 아직 펄펄하지만, 아내에게 스트레스를 주지 말자. 부부는 일심동체라 하지 않는가. 내가 사랑한 아내, 내 딸의 엄마가 자신의 꿈을 찾는다는 걸 기뻐하고 응원해야지. 후―. 뭐 섹스에 관해서라면 결혼 초나 결혼 전에 이미 충분히 했잖아? 사람 사는 게 뭐 다 그렇지. 뭐. 원하는 걸 다 할 순 없잖아.―

기석은 자신에게 선언을 하듯 허전한 마음을 다스려 잡곤 했다.

그리고 두어 달에 한 번씩 몰아치는 욕망의 회오리에 휩쓸리지 않고, 그는 이전과 같이 스스로 문제를 해결했다. 하지만, 억울한 기분이 드는 것은 어쩔 수 없었다.

기석의 아내는 논문학기에 접어들면서 눈에 띄게 화사해졌다. 흡사 다시 젊어지는 것처럼 피부에 윤기가 흐르고 볼에선 빛이 났다. 초롱초롱한 눈동자는 내면의 학구적 성취를 보여주는 듯했다. 기석은 활기차게 등교하는 그녀의 모습이 좋았다.

세미나 전날에 발표준비로 긴장하고 흥분하는 그녀의 모습은 마치 처녀시절의 싱그러움을 뿜어내는 모습이었다. 다시 살아나는 '젊음'이었다.

기석은 정욕을 이겨내고, 있는 그대로의 아내를 순수한 아름다움으로 관조하는 자신의 성숙함이 대견했다.

"뭐라구? 야, 헛소리하지 말고 정확하게 얘기해. 니가 본 거야? 확실히 내 와이프가 맞단 말이야?"

기석이 흥분한 목소리로 수화기에 침을 튀기며 재차 물었다.

"야야, 흥분하지 말고, 내가 본 건 확실한데 그렇다고 사진을 찍었거나 한 건 아니니까… 아. 씨발 남 부부 얘기는 하는 게 아니랬는데, 괜히 얘기 꺼냈나 보다."

"아냐. 괜한 얘기 아니야. 네 말대로 우연히 보았다며? 그건 남 부부 사이에 끼어들어 오지랖 피는 거 아니야. 우리가 남이냐. 난 고맙게 생각 한다구, 물론 네 얘기를 다 믿겠다는 건 아니야. 내가 직접 확인할 거구, 일단 너는 그걸 나한테 알린 건 정말 잘한 거야."

"그래… 그렇게 생각해주면 고맙구, 후— 그나저나 넌 기러기

생활을 어떻게 그렇게 보냈냐. 아직도 믿겨지지 않는다. 서지 않는 것도 아니라며. 난 전에도 얘기했지만, 내가 그랬듯이 솔직히 나도 와이프를 믿지 않는다. 수도승들도 아니고 몸뚱어리 멀쩡한 사람들이 어떻게 그걸 조절하고 절제하냐? 뭐. 나도 애인 만들어 지냈듯 그 사람도 그랬을 거라 짐작하는 거지. 단 서로 걸리지는 말아야지. 그랬다간 그냥 끝나는 거고…"

"섹스가 전부는 아니잖냐. 니 말도 이해한다. 난 그냥 사람 나름이라 생각해. 어쨌든 정말 고맙다. 일단 와이프를 족친다거나 할 일은 아니고, 니 얘기가 사실이라면 나한테 뭔가 문제가 있거나, 서로 간에 무슨 문제가 있다는 거지. 후− 썅…"

준식은 더는 말이 없었다.

초등학교와 고등학교 동창인 기석은 준식에게 '남자의 전형' 같은 멋진 친구였다. 남들보다 큰 덩치의 기석은 못 하는 운동이 없었다. 공부도 잘했던 것으로 기억했다. 중학교는 학교가 달라 그의 생활을 알 수 없었지만, 고등학교 시절의 기석은 의리가 있고, 어렸을 때와 마찬가지로 운동, 싸움을 잘하는 '조용한' 친구였다. 당시 학교의 '짱'은 중학교 시절 폭력사건의 가해자로 1년을 늦게 진학한 동네의 유명한 양아치였다. 하지만, 짱이나 그의 똘마니들도 기석에게는 시비를 걸지 않았다. 준식이 보기에 서로를 건들지 않는 묘한 암묵의 룰이 있는 것 같았다. 고등학교를 졸업한 후에는 자연스레 기석을 볼 일이 없었다. 가끔 만나던 다른 동창들을 통해 해병대를 전역하고 자동차 정비를 배우고 있다는 풍문만 들었을 뿐이다. 그리고 몇 년 전 초등학교 동창회에서 기석을 만났다. 준식은 서로의 아내와 아이들이 어학연수 중에 인연을 함께 했다는 사실에 깜짝 놀라며, 이후 가끔씩 그와 술잔을 기울이며 고교시절 쌓지 못한 격의 없는 우정을 나누곤 했다.

적어도 열흘 전 목요일 아침까지는.

준식은 아내에게 부산 공장에 출장을 간다고 말했다. 그건 사실이다. 단지 4박 5일의 일정을 3박 4일에 마치고 귀가 전 애인을 만났을 뿐이었다.

초등학교 동창 모임에서 만난 정남희는 결혼 10년 만에 이혼한 돌싱이었다. 사는 곳도 마침 준식의 이웃 아파트였다. 당시 기러기 아빠 준식은 회식이나 약속이 없는 저녁에 혼자 상을 차려 밥을 먹는 것이 너무도 궁상스러워, 오로지 저녁만 함께할 요량으로 그녀를 초대하곤 했다.

하지만, 홀아비 사정은 홀어미가 알듯 그들의 저녁 모임은 한 달이 지나지 않아 모닝콜을 함께 듣는 관계로 발전했고, 준식의 가족이 돌아오기 전까지 나름대로 서로의 관계에 성실과 의리를 지키며 충실했다. 준식의 가족이 귀국한 후에 그들은 주로 남희의 집에서 애정을 나누었지만, 가끔씩은 신림동이나 장흥, 김포 등의 모텔촌을 이용하기도 했다.

목요일 아침.

해장국이나 먹자며 남희와 함께 신림동의 M모텔을 나온 준식은 뜻하지 않은 장면을 목격했다. 대략 서른 후반에서 마흔 초반으로 보이는 젊은 남자의 팔짱을 끼고 S모텔을 나서는 기석의 아내를 목격한 것이다. 그녀는 연신 환한 웃음을 만면에 머금고 자신의 애인에게 무언가를 열심히 떠들며 준식 일행을 향해 걸어오고 있었다. 준식은 급하게 머리를 숙이고 담배를 입에 물었다. 그를 지나치는 남녀의 대화가 흘러들었다.

"… 자기처럼 대화가 되지 않는다니까…"

"아무래도 공돌이들이 그렇지 뭐, 인문학책 볼 일 없잖아? 그렇지만, 차 정비도 어려워~"

그네들이 옆으로 지나가자 뒤에서 준식의 팔짱을 끼던 남희가 말했다.

"어? 준식아, 저 여자 어디서 본 것 같은데?"

준식은 입을 굳게 다물고 아무런 대꾸도 하지 않았다.

기석은 준식의 전화를 끊은 후 책상의 달력을 집어 들었다.

준식이 아내를 봤다는 날. 화요일부터 목요일까지. '지방 세미나'라고 적혀있다. 그는 눈을 감고 잠시 기억을 되짚었다. 그날이었다. 기석이 샤워 후 혜연의 안부를 묻던 그날.

10시쯤 귀가한 기석이 의도치 않게 딸의 언쟁을 들었던 날이다.

누군가와 통화하는 듯한 딸애의 목소리에는 답답함과 안타까움이 묻어있었다. '걔가 좀 힘들게 자라서 그래, 그건 오빠가 이해해야지…' 혜연의 목소리가 솟구치다 떨어지며 호흡도 거친 걸로 보아 편안한 대화는 아니지 싶었다.

그보다 다리 사이를 오가며 기석에 대한 충성을 과시하는 까뮈를 모르는 척할 수 없었다. 기석은 까뮈의 머리를 잡고 흔들어 주었다.

샤워를 하고 나온 기석이 안방에 들며 아내에게 딸의 안부를 물었다.

"글쎄요, 친구들을 만나고 오더니 계속 서렇게 통화중이네요. 무슨 여혐이니 페미니즘이니 하는데 무슨 소린지 모르겠고…,

그것보다 내일 대학원생 전원 울산으로 세미나 가요. 2박 3일 일정으로요."

"아, 무슨 세미나가 한 달에 한 번이야— 그리고 자긴 논문학기라고 하지 않았어? 논문학기에 논문은 안 쓰고 세미나 가도 되는 거야?"

"아— 참. 논문학기라고 논문만 쓴다는 게 무슨 얘기예요. 세미나에 참석해야 최신 논제들을 알 수 있죠, 그런 내용을 거르면 논문 질이 떨어지구요. 모두가 가는 거라 빠질 수도 없단 말이에요. 그리고 이번 세미나 주제 발표자가 제 지도교수님이라 강제가 아니라도 꼭 가야 한다구요."

"어이구. 알았어, 알았어. 내가 대학원을 다녀 봤나. 당신 알아서 해."

한숨 섞인 대꾸에 아내는 어이없다는 투로 말을 흘렸다.

"알— 수가 없겠지요…"

그녀의 입꼬리를 놓치지 않은 기석의 가슴에 만 근짜리 바위한 덩이가 올려진, 그날 밤이었다.

'그래. 그 세미나다.'

기석은 사무실을 나오며 리프트 밑에서 씨름 중인 이 부장에게 소리를 질렀다.

"이 부장, 오늘 마무리하고 들어가. 나 먼저 들어갈게."

발에 붙어 꼬리를 흔드는 까뮈를 밀어내고 기석은 아내의 서재로 들어섰다.

아내는 집에 없었다. 근처 마트에라도 간 모양이었다. 책상 위의 스마트폰을 집어 들었다. Z로 패턴보안을 해제했다. 비번은 걸려있지 않았다. 아내를 지나치다 우연히 목격했던 패턴이 맞았다.

그녀의 카톡을 들어가 보았다. 1:1 채팅. 유난히 많은 대화를 나눈 사람이 한 명 있었다.

박 교수라고 입력되어 있다….

준식의 목격담은 사실이었다. 기석이 입에 올리기도 싫은, 상상조차 할 수 없는 대화와 사진들이 넘치고 있었다. 공부하느라 피곤해서, 몸이 아파서 기석을 밀어낸 게 아니었다. 자신의 포부와 가치를 이해하지 못하는 기석의 지성과 졸렬함, 그리고 성적인 무능이 남편 김기석을 밀어내는 이유라고, 채팅창의 아내가 박 교수에게 고백하고 있었다.

기석은 자신이 아내를 전혀 모르고 있었다는 사실을 확인할 수밖에 없었다.

무언가 많이 잘못되었다.

어지러워졌다. 천장이 돌고 바닥이 올라오기 시작했다. 기석은 휘청거리다 책상을 부여잡으며 호흡을 골랐다. 무언가 무너지고 있었다.

순간 바지 주머니 속의 휴대폰이 진동을 하며 울리기 시작했다. 전화를 받지 않았으나 울림은 그치지 않았다. 누구냐, 누가 계속 전화를 하냐. 기석이 전화기를 꺼냈다. 혜연이었다.

"그래. 혜연아."

"왜 이렇게 전화를 받지 않아요? 나예요. 지금 혜연이하고 같이 있어요, 강동 경찰서 강력계예요. 지금 바로 와주세요."

"…왜 그래. 무슨 일 있어?"

"혜연이가 친구 일로 참고인 조사를 받으러 왔어요. 혜연이는 괜찮구, 별일은 아니지만, 빨리 와요. 나 저녁때 학교 나가야 된다구요."

"… 알았어…"

기석은 딸이 경찰서에 있다는 소리에 조금씩 정상으로 돌아왔다.

기석이 경찰서에서 아내와 교대하고 혜연에게 들은 이야기는 충격적이었다.

약 이주일 전 중학교 동창인 경희와 남자친구를 함께 만나던 날, 귀가하던 경희가 동네에서 성폭행을 당했다는 것이었다. 경희는 충격으로 1주일가량을 누워있었고, 자리를 털고 일어나더니 이후 과도를 품고 다니기 시작했단다. 그리고, 그저께 밤 동네의 편의점 앞에서 조깅 중인 행인을 습격하여 상해를 가했다는 것이다.

"그러니까 자기를 강간했다고 믿는… 그 강간범을 스스로 응징했다는 거네."

"응, 그렇다고 얘기하나 봐. 그런데, 경희 본인도 자기를 성폭행한 놈이 누군지 확실하게 알지 못한다는 거야. 제대로 보지도 못했고. 성폭행당하고 일주일째 되는 날, 증거물들을 들고 고소는 했다는데, 아직 범인은 잡히지 않았고 수사 중이래."

"그런데, 혜연이 넌 왜 참고인 조사를 받은 거야?"

"경희가 성폭행당한 날, 마지막으로 경희를 본 사람이 나니까. 친구라곤 나밖에 없기도 하고…"

처음에는 그냥 아내에게 묻고 싶었다.

정말 나를 그렇게 생각했냐고. 그렇게 나와 대화가 되지 않았냐고. 내가 그렇게 당신을 만족시키지 못 했냐고. 박 교수를 사랑하냐고. 박 교수도 당신을 사랑하냐고. 나한테 어떻게 이럴 수 있냐고. 이혼해주면 되겠냐고…

수많은 자책과 원망이 기석의 머릿속을 넘나들었다. 대체 자신이 무엇을 얼마만큼 잘못해서 아내가 바람이 났는지 알 수 없었다.

혜연을 집에 들인 후, 기석은 놀이터 벤치에 앉아 나름대로 상황을 정리하려 애썼다.

아내가 불륜을 저지른 원인을 찾으려 노력했다. 치밀어 오르는 모멸감과 분노를 억누르며 스스로 납득할 수 있는 이유를 찾고 싶었다. 합리적인 해결방안을 찾으려 했다.

학교 모임이라며 나간 아내가 어디서 무엇을 하는지 이제는 궁금하지 않았다. 박 교수와 있는지, 아니면 스터디를 하고 있는지.

고뇌에 대한 답은 쉬이 나지 않았다.

한참 뜨거웠던 햇살이 시들고 있었다.

문득 혜연의 친구가 떠올랐다.

비록 엄한 사람을 칼로 베었지만, 자신을 강간한 놈을 찾아 죽일 생각을 하다니 무서운 아이다. 혜연에 의하면 결손가정에서 힘들게 살던 아이로, 성장기의 고단함이 트라우마로 남았다고 했다. 그리고 성년이 된 후에도 과도한 피해의식으로 세상을 까칠하게 보는 친구라고 했다. 혜연은 경희를 불쌍한 아이라고 했다. 불쌍한 아이. 불쌍한 아이.

기석은 불쌍한 아이를 되뇌었다. 어쩌면 불쌍한 아이가 아닐 수도 있다는 생각이 뇌리를 스쳤다. 용감한 아이가 아닐까.

"할머니, 여기서 가져가면 안 된다고요."

재활용분리수거장에서 폐지를 들추는 노인을 제지하는 경비원 박 씨의 소리가 들렸다.

기석의 무심한 시선이 폐지와 고물이 가득한 유모차를 밀고 가는 노인의 뒤를 쫓았다. 그녀가 놀이터를 지나며 무언가를 떨어뜨렸다.

손잡이가 부러진 벌겋게 녹슬고 이가 빠진 낫이었다.

기석의 흉중에서 미미한 맥놀이가 일어났다. 기석은 벤치에서 몸을 일으켰다.

그의 안에서 무언가가 매듭지어지고 꼬이며 그 덩치를 불리고 있었다. 머릿속이, 가슴속이 온통 꼬이고 엉킨 무언가로 가득 차버렸다. 기석은 노인이 떨어뜨린 낫을 주워 사무실로 향했다.

걸음을 옮기는 그의 심저 깊은 곳에서 엉키고 꼬인 매듭에 시커먼 화염이 일렁이기 시작했다. 불꽃이 튀었다.

뭉쳐진 것에 붙은 불이 머리로 옮겨붙고 그의 심장은 널뛰기 시작했다.

아파트 머리 위로 시나브로 해가 지고 있었다.

환희동歡喜洞의 5월

남자들을 담당하는 강석이 노인의 기저귀 케어를 하고 돌아서는 참이었다.

"나 똥싸야 돼."

낮고 굵은 음성이 뒤에서 강석을 잡는다.

"어르신. 그냥 똥싸면 돼요. 기저귀 했으니까 그대로 일 보세요."

강석은 누워있는 노인의 귓가에 대고 가능한 또박또박 설명을 했다. 하지만 그가 허리를 펴기도 전에 노인은 같은 말을 반복했다.

"나 똥싸야 된다니까. 변소 가야지."

큼직하고 누툼한 손이 강석을 잡았다.

"화장실 가시게요? 걸을 수 있겠어요?"

"가야지. 여기서 어떻게 싸."

우려했던 상황이 벌어졌다. 순간적으로 강석의 머릿속에서 몇몇 그림들이 명멸했다.

'휠체어를 태우고 화장실로 갈까?', '이동식 변기를 가져오나?', '워커(보행 보조기)를 끌게 하고 뒤춤을 잡을까?', '정 선생님을 호출해야 하나?'

"아, 어서!"

노인이 침대의 사이드레일을 잡고 몸을 일으키며 재촉했다.

정 선생을 호출할 상황은 아니었다. 일곱 명의 근무자 중 두 명이 연차로 빠지고 대체 근무는 올라오지 않았다. 이동식 변기를 준비할 시간도 없었다. 휠체어로 변기까지 이동하는 것이 가장 합리적인 방법이지만 그 와중에 항문의 힘을 풀어버린다면 체위 변경과 뒤처리 과정이 많이 번거로워진다. 노인이 사이드레일 너머로 다리를 내리고 있었다. 선택의 여지가 없다. 워커로 이동을 하다 일이 벌어져도 휠체어보다는 처리하기가 단출하다. 하지만 노인이 침대에서 낙상이라도 해서 사고가 난다면 그건 똥칠갑과는 비교도 할 수 없는 대형사고다.

"일어나세요. 화장실 갑시다."

사이드레일을 낮춘 강석이 끙 소리와 함께 노인을 반시계방

향으로 돌리며 일으켜 앉혔다. 과거 씨름선수였다는 육 척 장신의 90킬로그램이 넘는 거구가 허리를 세웠다. 그리고 강석이 쥐여준 워커를 짚고 주춤거리며 일어났다. 강석은 가능한 노인과 밀착한 상태에서 오른손으로 노인의 바지 뒤춤을 움켜잡고 왼손으로는 워커의 방향을 조정했다. 하루의 절반 이상을 휠체어에서 생활하는 노인이다. 걸음을 옮기다 주저앉거나 넘어지기라도 하면… 생각만 해도 끔찍하다. 강석은 마른침을 삼키며 집중하기 시작했다. 부축하는 그의 몸에 힘이 들어갔다. 양어깨와 함께 오른팔의 상박근과 전박근이 모두 팽팽하게 긴장하기 시작했다.

하지만, 노인은 강석의 노파심을 비웃듯 의외로 순탄하게 걸음을 옮겼다. 물론 화장실 입구에서 몇 밀리 차이의 턱에 워커의 바퀴가 걸린 문제와, 좌변기 가에 설치된 안전대를 노인이 붙잡기까지는 오롯하게 강석의 근력에 의지했지만, 어쨌든 노인은 무사히 기저귀를 제거하고 변기에 앉을 수 있었다.

"자 어르신 이제 힘주고 대변 보세요."

강석의 응원에 한동안 대답을 찾던 노인이 방귀를 뀌며 무표정한 얼굴로 읊조렸다.

"어이 씨, 왜 이렇게 안 나와."

"천천히 아랫배에 힘주세요. 힘들면 제가 배 좀 눌러드릴까요?"

"아, 됐어, 내가 쌀 거야, 건들지 마."

"그럼, 그렇게 하세요."

강석은 노인이 원하는 대로 하자며 토를 달지 않는다. 그리고 노인에게서 눈을 떼지 않고 허리를 두드리며 스트레칭을 하기 시작했다.

그때였다.

"야이 씨팔놈들아! 왜 남의 화장실에서 지랄이야. 나도 지금 써야 하는데 왜 니들이 들어가 있어. 이 샹노무새끼들아."

강석의 등 뒤에서 벽력같은 쇳소리가 터졌다. 이어 나긋한 중년 여자의 목소리가 함께 어우러졌다.

"아이, 한섭 어르신 왜 그러세요. 왜 그렇게 화가 나셨을까. 자, 화 좀 가라앉히시구요. 저한테 왜 그런지 말씀 좀 해주세요."

여자는 선우은선 복지사다.

"아니, 저놈들이 내 화장실을 말도 없이 지들 마음대로 쓴다니까. 나도 지금 급한데 말야."

"아─ 그러셨구나. 누가 어르신 화장실에 들어갔나요? 그것도 말도 없이? 그래서 어르신이 화가 났구나. 자 진정하시구요, 제가 알아볼게요…"

화장실 문이 살짝 열리고 선우 복지사는 눈빛으로 강석에게 앞뒤 정황을 물었다. 아마도 4층의 어르신들 안부를 체크하다 고함소리에 뛰어왔을 것이다.

강석은 화장실 문을 벌컥 열고 복지사 뒤에 서 있는 노인을 향해 소리를 질렀다.

"한섭 어르신! 여기는 이 방 사람들 네 명이 다 쓰는 화장실이지 어르신 개인 화장실 아니고요. 지금 중식 어르신이 화장실을 쓰고 있으니까 다른 화장실을 쓰세요!"

"여기가 무슨 공중변소야. 내 화장실인데!"

"허 참, 한섭 어르신! 여기는 이 방에 있는…"

"그래요. 어르신. 이미 중식 어르신이 쓰고 있으니까 우리는 저기 데스크 옆의 화장실 쓰면 되겠네. 그쵸? 자, 갑시다~"

선우 복지사가 함께 고함을 치는 한섭 노인의 팔짱을 끼며 강석의 말을 끊었다. 그리고, 아버님, 어르신 운운하며 노인을 부축하고 복도로 나갔다.

"후…"

강석은 한숨을 토해냈다. 담배가 절실해졌다. 그리고 금연은 틀렸음을 확신한다.

"왜, 이리 시끄러"

무심한 음성과 함께 짙은 거름 냄새가 강석을 엄습했다.

변기에 앉아있던 노인이 성기 밑으로 손을 밀어 넣어 자신의 변을 확인하고 있었다. 강석이 황급히 제지했지만, 이미 바지와 상의 여기저기에 흑갈색 덩어리와 얼룩들이 묻어있었다. 티셔츠 가슴팍의 '전국경찰무도인엽합회' 로고에도 두 줄기 선명한 갈색 자국이 남았다.

배출의 느낌이 약해서 그런가, 왜 그렇게 직접 확인을 하고 칠갑을 하는 건지… 노인을 제지하며 샤워기의 수온을 맞추는 그의 머릿속에 온갖 우문愚問과 체념이 휘돌아쳤다.

매끄러운 바닥재로 말끔한 복도 위를 휠체어 세 대가 느릿하게 움직이고 있었다.

점심식사를 마친 노인들이 모두 제 방으로 돌아가고 두 시간이 지났다. 오후 세 시밖에 되지 않았지만, 치매 노인들만이 모인 4층 '환희동洞'의 빈객들은 반 이상 침대에 몸을 누인 상태다.

중앙 안내실 앞, 짙은 남색의 수면복 상의를 입은 남자의 거대한 등판이 형광등 아래에서 꿈틀거리고 있었다. 가장 큰 사이즈의 휠체어도 그의 덩치를 감당하기에는 버거워 보였다. 맞춤옷을 입은 듯 허리와 엉덩이를 감싸는 좌석과 등받이는 그의 풍채를 돋보이게 했지만 정작 존재감을 보여야 할 보조인 손잡이는 김중식의 어깨와 상완근의 그늘에 깔리고 말았다.

김중식은 억지로 발에 끼운 듯 터질 것 같은 슬리퍼로 바닥을 끌며 천천히 휠체어를 움직이고 있었다. 뜬 건지 감은 건지 알 수 없는 반개한 눈꺼풀 사이로 검고 푸른 눈동자가 보였다. 백내장이 가득한 남자의 좌안은 이미 희부옇게 변색되어 옅은 푸른 빛을 내고 있다. 여기저기 흠이 패인 두상에는 몇 가닥 남지 않은 백모가 정수리 부근에 어지럽게 누워 있고, 이마와 볼에 피어난 검버섯은 그의 허연 피부 위에서 괴이한 위압감을 풍기고 있다. 반쯤 벌린 입가에는 침이 말라붙어 있었다.

"아니 그러니까 어느 방에 들어간 거야. 나만 남겨놓고… 그러면 안 되지. 오늘은 집에 안 들어가도 된다며…"

노인은 아까부터 자기를 남겨두고 사라진 그녀를 찾느라 여념이 없었다.

휠체어를 끌며 안내 데스크를 지나 서쪽의 여자들 구역으로 이동한 김중식은 복도 소파에 앉아있는 여인들에게 어서 방으로 가자고 보챈다. 여인들이 김중식을 피해 자리를 옮기면 어디를 가냐며 짜증을 냈지만 30초를 넘기지 않고 새로운 애인을 찾았다.

여인들이 피한 자리에는 과일가게가 들어서기도 하고, 생선가게가 개업을 하기도 했다. 어릿어릿하지만 과일가게가 분명하다. 생선가게 냄새가 나는 것도 같다. 청과물점과 생선가게가 왜 여기에 있는지는 궁금하지 않았다. 김중식은 제철과일이 뭐냐며 포도값을 물어보기도 하고 방어회를 떠달라고 주문하기도 했다. 하지만 상점 주인들이 모두 배가 불렀는지 아무도 남자의 주문에 응하지 않았다.

김중식의 안색이 변하기 시작했다. 장사꾼 놈들이 배가 부른 게 아니라 나를 무시하는 거다.

남자의 입에서 욕설이 터졌다.

"이 새끼들이, 이 개아들놈들이, 나를 무시하네? 내가 누군 줄 알아? 여기 관할서가 어디야? 이노무새끼들, 기동대 출동시켜 확 밟아볼라…"

20여 분이 지나고, 4층의 서쪽 끝에 도착한 82세의 노인은 휠체어에 뻣대듯 기대고 입을 벌린 채 수면에 빠져들었다.

5월의 화사한 볕이 창문을 넘어 들이치고 복도는 황금빛으로 일렁이고 있었다.

"이 선생님, 여기요, 여기 좀 도와주세요"

호적에 3년 늦게 올라가 실제나이는 63세라고 강변하는 최 선생의 목소리가 복도를 가로질렀다. 강석은 환희 5호실로 들어섰다. 그가 짐작한 대로 전동연 어르신을 휠체어에 앉히기 위한 호출이었다.

"아, 어르신이 손도 못 대게 하네요, 아무리 아양을 떨어도 욕만 바가지로 먹고, 막 꼬집어서 도대체 앉힐 수가 없네. 이 선생님이 좀 앉혀줘요."

"동연 어르신은 확실히 여자보다 남자를 더 좋아하는 거 같네, 알았어요."

노인은 벽에 기대고 앉아 최 선생을 노려보며 주먹을 쥐고 있었다. 비썩 마른 나뭇가지처럼 앙상한 팔뚝에 주름이 가득하다. 아직 흥분이 가라앉지 않았다. 강석은 노인과 눈을 맞추며 미소를 지었다. 손을 잡고 그녀의 어깨를 부드럽게 쓰다듬었다. 그리고 노인의 옆에 앉아 이제 휠체어에 앉을 거라고 나직이 말했다. 남아있는 두 개의 이빨에 연신 침을 묻히며 쩝쩝대던 노인의 미간이 풀리기 시작했고 호흡이 평온해졌다. 강석은 노인의 양 겨드랑이에 손을 넣어 번쩍 들어 올려 휠체이에 앉혔다.

"옴마나! 기운이 장사네, 그래도 그렇게 들지 말아요. 허리 다

쳐! 나 지난달에 저기 4호실에서 삐끗했잖아.”

최 선생이 노인에게 안전벨트를 매어주며 그를 걱정해주었다.

강석이 휠체어를 밀고 복도에 나서자 묘한 분위기가 그를 감쌌다. 채 10분이 안 된 시간인데 연유를 알 수 없는 불편함이 복도에 가득 차 있었다.

중앙의 데스크 앞에서 누군가의 보호자로 보이는 중년의 여인이 김 조장과 임 선생에게 무언가를 따지고 있었다.

“그러니까, 요양사 선생님은 책임이 없다는 말인가요? 아니 우리 엄마 옷이 바뀌고 다른 노인이 엄마 옷을 입었는데 그럼 그게 누구 책임인가요? 10호실 담당 요양사님이 임홍자 선생님이시네? 임 선생님이 어떤 분이시죠?”

중년의 여인이 김 조장과 임 선생을 아래위로 훑어보며 언성을 높이고 있었다.

“아니요, 보호자님. 책임이 없다는 말씀을 드린 게 아니구요. 사실을 말씀드린 거예요. 허정순 어르신 옷을 다른 어르신이 말씀도 없이 가져가 입으신 거라구…”

“아 그게 그거잖아요. 사실이 어떻든 여기 어르신들 케어하고 관리하는 게 선생님들 일이잖아요. 누가 요양원 어떻게 돌아가는지 몰라서 이래요? 치매 노인들이 무슨 짓을 하는지 몰라서 이러는 거 같아요? 여기는 요양보호사들을 어떻게 교육시키는 거야?"

팔짱을 낀 여자의 음성이 날카로워졌다. 조장은 당혹스러운 빛이 역력했다.

"아니요, 보호자님. 예, 분명히 제가 제대로 챙기지 못한 거네요, 죄송합니다."

앞치마 주머니에 손을 넣고 있던 임 선생이 또박또박 사과를 했다.

"아니, 선생님, 지금 죄송하다고 하신 거예요? 지금 사과하신 거죠? 하… 선생님 이름이 뭐라고 했죠? 임홍자? 아! 그러고 보니 이름표도 안 달았네? 정말 여기 왜 이렇게 된 거야? 임 선생님, 언제 입사하셨어요? 저 여기 데레사요양원 오픈할 때 어머님 모시고 왔어요. 그리고 관산동에서 요양원도 직접 운영했었고요. 아시죠?"

"예, 알고 있어요. 그리고, 죄송하다고 사과한 거 맞습니다."

"어쩜… 죄송하다고 하면서 죄송한 표정은 절대 아니네요. 네. 알겠습니다! 참 대단한 요양보호사시네요?"

임 선생을 노려보고 이죽거리던 여자가 치맛자락을 펄럭이며 엘리베이터로 향했다. 조장이 종종걸음으로 그녀의 뒤를 쫓았다. 무표정한 임 선생의 낯빛이 모멸감으로 물들었다.

마흔아홉 명 노인들의 저녁식사를 위해 분주히 움직이던 요양보호사들 역시 자괴감을 감출 수 없었다.

'에이구, 미친년.'

'저건 누군데 여기 와서 지랄이여?'

'어느 년 딸이야?'

주위에서 지켜보던 노인들이 멀어져가는 여인의 뒤통수에 육두문자를 퍼부었다.

"씨부랄 것, 요양원 하다가 사람 죽여 폐업한 년이 뭐 그리 잘났다고, 지어미 맡겨놓고 유세를 떨어, 유세를 떨긴… 참 지랄하네. 지랄해…"

4층 3조의 제일 연장자인 장순녀 요양사도 한마디 거들었다.

얼마 지나지 않아 조장이 굳은 표정으로 식당에 들어섰다. 그녀는 두 명의 식사 수발을 들고 있던 임 선생에게 어르신들 식사 후 1층 사무실로 내려오라는 원장의 말을 전했다.

임 선생이 원장과 허정순의 보호자에게 두 시간 가까운 정신교육을 받고, 무릎을 꿇고 사과했다는 얘기가 요양사들 사이에 퍼진 것은 채 하루도 걸리지 않았다.

5월은 요양원이 가장 북적이는 달이다.

가정의 달이며 고마운 이에게 사랑과 감사의 마음을 표현하는 평화롭고 화기和氣 가득한 시절이지만, 한편으로는 진심과 상관없는 매너리즘에 치인 형식과 허세가 활개를 치는 달이기도 하다.

데레사요양원도 아침부터 북적이기 시작했다. 200여 평의 주차장은 이미 정오 전에 만차가 되었고 오후에 내원하는 면회객들은 요양원 진입로 양편으로 차를 주차했다.

"예, 4층 이강석입니다. 예. 예. 10시 10분경에요? 예. 알겠습니다. 그렇게 준비하도록 하겠습니다."

1층 사무실에서 반종욱 노인의 면회시간을 알려 주었다.

"구 선생님, 반종욱 어르신 면회 온답니다. 10시 10분경에 도착한다고 하니 준비해야겠습니다. 반 어르신 기저귀 봤나요?"

강석은 환희 3호실로 들어서며 자그마한 체구의 구 선생에게 상황을 물었다. 반 노인 맞은편 침상 김중식의 기저귀를 갈고 있던 초로의 남자가 오케이 사인을 보냈다.

강석은 이불을 뒤집어쓰고 코를 골고 있던 반 노인을 일으켜 앉히고 상의를 벗겼다. 선잠을 깬 노인이 소새끼, 개새끼 하며 언성을 높이고 헛주먹질을 했지만, 얼마 지나지 않아 강석의 너스레에 낄낄거리며 옷을 갈아입었다.

"어르신, 조금 있다 딸이 아버지 보러 온대요. 배 나온 반종욱 어르신 보러요."

"뭐시여? 배가 나왔다고? 니는 이게 배로 보인다냐, 이거슨 인품이여, 인품이랑게."

"워매, 인품이 참 거시기허요, 자 만세 하시고, 윗도리 갈아입어야죠."

"그려, 덩더꿍, 덩더꿍, 아리아리랑, 쓰리쓰리랑, 아라리가 났네, 덩더꿍, 덩더꿍, 만세!"

노인과 노닥거리며 면회 준비를 마친 강석이 휠체어를 밀고 엘리베이터를 향했다.

남자들이 식당으로 쓰는 다목적실에 몇몇 노인들이 티브이를 보고 있었다.

초등학생들처럼 언제나 단짝으로 무리를 짓는 세 명의 노인이다.

티브이는 티브이대로 떠들고, 단짝 그녀들은 십 분마다 되돌아 새로 시작하는 같은 이야기를 끊임없이 경청하며 맞장구를 치고 있었다. 이날도 어김없이 김정연 노인의 '의류 사업 고난 극복기'다. 가게 앞 도로를 무단 점유하여, 그걸 제지하는 공무원들과의 싸움에서 악다구니로 승리한 이야기다. 강석도 다섯 번은 더 들은 무용담이다.

'아 글쎄'로 시작하는 노인의 이야기는 매일매일 날것처럼 신선했고 그녀의 기지에 감탄하는 허정순과 강경숙의 맞장구에는 진심 어린 안타까움과 감탄이 넘쳤다. 김정연과 눈이 마주친 강석이 옅은 미소로 목례를 했다. 김정연이 한쪽 손을 들어 아는 체를 했다. 강경숙과 허정순 역시 김정연의 눈길을 따라 강석을 일별했다.

'덩더쿵'거리며 입으로 장구 장단을 맞추던 반종욱의 휠체어가 복도 중앙을 지나는 순간이었다. 우당탕거리는 소음과 찢어지는 노인들의 비명이 울렸다.

그리고 급박한 뜀걸음에 뒤이은 '조장님, 낙상이요' 하는 외침이 들렸다.

강석은 휠체어의 브레이크를 걸고 소리 나는 곳으로 뛰었다.

남자 노인들의 식당이었다.

김정연과 담소를 나누던 세 명의 여인들 중 한 명이 낙상을 했다. 그녀는 다목적실 대형 티브이 밑에 모로 누워 있었고 그녀의 어깨춤과 한자 정도 떨어진 곳에는 의자와 식기 소독기가 널브러져 있었다. 김정연과 강경숙이 쓰러진 허정순을 살펴보는 박 선생에게 열심히 상황설명을 하고 있었다.

"지가 일어나다가 갑자기 뒤로 넘어간 거야, 난 쟤 왜 그러나 하고 봤지. 아 너도 봤잖아. 지가 그냥 넘어진 거지!"

강석의 뒤를 이어 김 조장과 이남경 간호사가 도착하고, 기저귀 케어를 하던 4층의 요양보호사들이 모두 식당에 모여들었다. 부리나케 달려온 간호사가 체크한 바이털 사인은 대부분 정상이었다. 체온과 혈압, 혈중산소포화도가 모두 정상범위에 있었다.

"어머니, 제 말 들려요? 들리면 손을 들어봐요. 예? 어디가 아파요? 어디가 제일 아파요?"

박 선생이 노인에게 질문을 퍼부었다. 노인은 흐릿한 눈빛으로 가냘프게 고개를 끄덕였다. 머리를 꼼꼼히 살펴보았지만 부은 곳 외에는 눈에 띄는 상처도 없었다. 괜찮아 보인다는 간호사의 말에 김 조장이 가슴을 쓸어내리며 큰 숨을 뱉었다. 강석이 조심스레 노인을 일으켜 휠체어에 앉혔다. 허정순 노인을 담당하는 임 선생이 휠체어를 밀고 환희 10호실로 향했다.

1층 사무실에서 원장과 선우 복지사, 간호부장이 올라와 침대에 있는 노인의 상태를 다시 확인했다. 그녀는 들릴 듯 말 듯 한 희미한 신음소리로 간호부장의 촉진과 질문에 반응을 보였다. 그리고 코를 골며 숙면에 빠졌다.

칼날 끝의 바람 같은 분위기가 다시 느긋하고 어수선한 4층의 일상으로 돌아갔다.

요양보호사들은 노인들의 면회를 준비하고, 기저귀 케어를 하고, 복도에 지린 소변을 치우며 바삐 돌아치기 시작했다.

일주일 후 4층 3조 요양보호사들은 모두 허정순 노인에 대한 사실확인서를 작성했다.

과거 노인요양원을 운영했던 허정순의 보호자는 시설의 관리 소홀과 담당 요양보호사에 방기, 업무태만 등의 책임을 물어 경찰에 데레사요양원을 고발했으나, 천만 화소의 CCTV에 찍힌 선명한 사실로 인해 소기의 목적을 달성하지 못했다.

허정순은 의자에서 낙상한 지 삼 일째 되던 날 뇌출혈로 사망했다.

"쌀 좀 달라고, 내가 그렇게 설명했잖아. 제발 쌀 좀 달라고…"

반종욱은 4층의 끝자락 구석에서 애원하고 있었다. 그의 휠체어 앞에는 세 겹으로 겹쳐 쌓은 의자 더미와 행운목 화분이 자리를 잡고 있다.

아이들이 먹을 게 없단다. 지난 정을 봐서 조금만 융통해 달란다. 두 달 후면 목돈이 들어오니 쌀이나 돈이나 사정되는 대로 융통해 달란다. 하지만, 친구는 가타부타 확실히 대답을 하지 않고 이리저리 말을 돌리고 있는 것 같다.

김중식과 더불어 4층의 두 덩치로 통하는 79세의 반종욱은 한때 남도의 뒷골목을 주먹으로 휘어잡았다는 전설이 있는 노인이다. 물론 60을 넘어서는 젊은 날을 회개하고 신앙으로 다시 태어나 어느 대형 교회의 장로님까지 역임했다는 상투적인 스토리로 끝맺기는 하지만, 그의 덩치와 골격 역시 김중식에 밀리지 않았다. 그는 심한 당뇨와 중증 치매를 앓고 있었으며 하반신의 운동 기능을 상실하고 침대와 휠체어에서만 생활하고 있었다.

반종욱은 자신의 애절한 하소연에도 반응 없이 침묵하는 친구가 괘씸해지기 시작했다.

하지만, 아쉬운 건 내가 아닌가.

반종욱은 성질을 죽이며 뭐라도 한마디 해달라며 대답 없는 그의 어깨를, 팔을 쓰다듬는다.

의자 더미를 향한 반 노인의 아련한 스킨십에 잘디 잘은 먼지가 허공으로 솟구쳤다. 송화분松花粉 같은 먼지종자들은 반투명한 창문을 투과透過한 햇살 속에서 아우성치며 만개했다.

"자네 정말 너무허네, 사람이 어찌 이리 야박할 수 있는가. 아까부터 내가 얘기하지 않았는가…"

심한 백내장으로 간신히 형체만 볼 수 있는 반종욱의 앞에는 검은색 정장을 빼입은 친구가 다리를 꼬고 앉아 있었다. 자신의 곤궁한 상황에 혀를 차고 안타까워하면서도 아무것도 내주지 않고 있었다.

"제미, 자네하고 나하고 동고동락하며 보낸 세월이 고작 이정도인가! 자네가 어찌 나한테 이럴 수 있나!"

반종욱의 음성이 높아졌다. 그의 심장이 쿨렁거렸다.

"어르신, 친구분 가셨어요. 아직도 여기 계시면 어떡해요."

반종욱의 귓가에 나직한 남자의 목소리가 울렸다.

북적거리던 5월이 지고 있다.

데리사요양원 4층, 반들거리는 바닥을 주유舟遊하는 휠체어는 자신이 누군지 잊어버린 노인이 바퀴를 굴리고, 창가의 행운목과 고무나무 가지에는 빛바랜 슬픔과 후회가 맺혀있다.

자물쇠가 채워진 창문으로 두 시간 넘게 하늘을 관찰하던 노인이 혀를 차며 겉옷을 여몄다.

"겨울이 유난히 길다, 봄은 언제 오려는지…"

이른 더위가 세상을 덮고 있지만 환희동의 계절은 저마다의 시간에서 머무르고 있었다.

황홀한 젊음

"헉!"

우철은 헛바람을 삼키며 눈을 떴다. 새벽 다섯 시다. 잠깐 더 눈을 붙여도 될 것 같았다. 아내는 둘째를 끼고 코를 골며 자고 있었다.

'허, 참 오랜만이네. 그게 뭐라고 꿈에 나타나… 별…'

다시 누운 우철의 앞에 십여 년 전의 가을이 열리고 있었다.

유달리 하늘이 맑았던 중추가절仲秋佳節의 사단 유격장이다.

종일 흙바닥에서, 교장教場에서 뛰고, 굴렀던 부대원들이 숙영지 인근 계곡에서 목욕을 하고 있다.

계곡 위 산마루에 걸린 해가 어스름히 황혼을 뿌리고 붉은색과 갈색으로 얼룩진 산그림자는 시나브로 계곡을 품어가고 있었다. 바닥의 자갈과 모래가 훤히 보일 만큼, 맑다 못해 서늘함이 느껴지는 계류溪流에서 야생의 날 것들이 거친 호흡을 뿜으며 멱을 감고 있다. 20대 초반의 수컷들이 번들거리는 구릿빛 가슴이며 사타구니에 물을 끼얹고 있다. 땀으로 범벅이 된 그들의 뜨거운 몸이 청량한 대기와 섞이며 안개를 피우고 있었다. 가슴에서 등과 겨드랑이에서 진한 수증기가 피어오른다.

계곡 전체가 젊은 수컷들의 나신에서 뿜어내는 운무로 세외世外의 몽환경을 만들어냈다.

우철은 저도 모르게 터지는 탄성을 집어삼킨다.

숨 막힐 듯한 '아름다움'이다.

수라修羅들의 팽팽한 근육들이 쉬임 없이 불뚝거린다. 거친 호흡에 들썩이는 대흉근과 복직근, 연신 팽창 수축을 하는 이두근과 삼두근, 그 아래로 떨어지는 대퇴근과 대둔근의 꿈틀거림이 붉은빛에 물든 계곡을 덮히고 있었다. 기름을 바른 듯 번들거리는 탄탄한 피부 위에서 물덩이들이 부서지고 물방울들과, 그들의 엉덩이와 종아리에서 물방울들이 튀어 오르고 있다. 청동빛 피부에서 비산하는 물안개가 석양의 계곡을 살아 꿈틀거리게 했다.

황금색 비단에 펄떡거리는 심장들을 수놓은 야생의 가을이었다.

당시 환희로웠던 감동이 다시 밀려왔다. 37년을 살며 아직껏 사람의 몸에 대해, 그것도 남자의 몸에 그렇게 아름다운 숭고함을 느낀 적이 없었다.

그 정경이 뜬금없이 꿈에 나타난 것이다.

"거참 이상하지, 아니 남자 간호사가 옷 벗어라, 목욕시켜준다 하면 고분고분 말도 잘 들으면서 왜 복지사가 씻겨준다는데 민망해 혀? 병원이 아니라 이건가? 일본에서는, 뭐 그 나라하고 같다는 얘긴 아니지만, 남자 복지사가 씻겨준다 해도 아무렇지도 않게 서비스받는데."

"아 그거야, 원래 왜놈들이 순 불상놈들이라 그렇잖아, 내가 아무리 지금 이 꼴이래도 반가班家 교육을 받은 사람인데, 그게 말이 돼?"

"아따, 엄니. 나가 사회복지사 말고도 요양보호사 자격도 1급 있응께 맘 푹 놓고 씻읍시다. 아들도 막내아들뻘 아닌가벼."

"아들한테도 이태까지 씻겨달란 적 없어ㅡ"

"그럼 오늘 함 받아보소, 젊은 놈 기운도 받을 겸."

출처 불명의 사투리를 지껄이며 껄렁대는 우철의 종용에 노인이 미간을 좁혔다. 침대 옆에서 잠시 난감해하던 노인의 딸이 결정을 내린 듯 거들기 시작했다.

"엄마, 그래요. 뭐 어때. 박 팀장을 처음 보는 것도 아니고 벌써 2년쨈데… 에휴, 내가 허리만 안 아파도 대신 할 텐데…"

"…음."

김영희 여사가 힘들게 머리를 쓸어 올리며 나직이 중얼거렸다.

"그래. 어이구…, 이 사달 나기 전에 진작 죽었어야지… 할 수 없지. 날 받아 놓은 늙은이가 내외할 일도 아니고, 그러자구…"

침대 발치에 서 있던 조 선생이 기회를 잡은 듯 맞장구를 쳤다.

"그래요. 어머니. 뭐 그리 고민을 해. 그럽시다. 자~ 옷 벗을게요."

노인의 상의 단추를 끄르는 조 선생을 보며 우철이 몸을 돌렸다.

"엄니, 잘 생각하셨소. 오늘 못 씻으면 다음 주여. 2주 동안 어찌 참을 거여. 자, 다 벗으면 부르이소ー 헤, 옷 벗고 부르라니 좀 거시기하구만~"

우철은 실소를 짓는 일행을 뒤로하고 현관 밖으로 나와 담배를 물었다.

허공에 한 모금 뱉고 나자, 고등학생 막내아들의 골절소식에

경황없이 조퇴한 김 선생이 원망스러웠다. 하필 오늘이란 말인가.

평소 노인은 침실에 붙어 있는 욕실에서 목욕서비스를 받았다. 그런데, 머피의 법칙인지 어쩐지 당일 오전부터 집 전체의 보일러가 멈추었고 금방 오겠다는 AS기사는 소식이 없었다. 목욕을 하려면 불가피하게 목욕차를 사용해야 했다.

할아버지는 몰라도 할머니는 처음이다.

담배를 몇 모금 뺀 후 꽁초를 튕겨버린 우철이 목욕차를 점검했다. 수평제어장치와 보일러의 물 온도를 확인하고 리프트 걸쇠를 다시 단단하게 고정시켰다. 준비됐다는 조 선생의 고함소리가 들렸다.

우철이 방에 들어서니 머리가 하얗게 센 여아가 침대 시트 포대기에 싸여 있었다.

"자 엄니 나갑니다. 몸에 힘 빼시고요, 긴장하지 마세요."

그가 노인의 등과 무릎 밑으로 손을 넣었다. 김 여사는 10여 년 전 발병한 뇌경색으로 인해 좌반신을 쓰지 못했다. 더구나 3년 전부터는 하루의 대부분을 침대에서 생활하는 반와상半臥床 상태였다. 하지만, 크게 힘든 상황은 아니다. 물론 본인이나 효성이 지극한 그녀의 딸이 듣는다면 역정을 내겠지만, 우철이 매일 상대하는 노인들의 대부분은 기저귀나 배변호스를 차고 욕창

방지 매트에 누워 지낸다. 그리고 알 수 없는 기성을 지르거나 눈빛으로만 대화를 나누는 지경이다 보니, 조금만 부축하면 화장실도 갈 수 있는 김 여사는 상대적으로 양호한 경우였다.

"으쌰!"

우철이 그녀를 안고 일어서며 기합을 넣는다.

현관문을 최대한 열어놓았음에도 빠져나가기가 녹록지 않았다.

우철은 노인의 발이나 머리가 정원의 석등이며 단풍나무에 걸리지 않도록 바짝 긴장한 채 조심스레 대문을 나섰다. 그리고 목욕차의 리프트에 오르며 거친 숨을 몰아쉬었다. 쓸 일이 없을 것 같아 사무실에 놔두고 온 들것이 못내 아쉬웠다.

"조 샘. 올려. 옳지ㅡ. 천천히, 오케."

리프트가 느릿하게 상승해 욕실 입구에 멈췄다.

우철은 예상보다 무거운 그녀를 욕조 가장자리에 앉히며 '헉' 하는 신음을 터트렸다. 누군가 쇠갈퀴로 척추뼈를 낚아채는 것 같았다. 찌릿한 통증에 부르르 몸을 떨었다.

"어이구, 고생했어요ㅡ. 엄마? 박 팀장님, 얼굴이 허예졌네? 힘들어요? 허리?"

바로 따라 들어온 조 선생이 우철을 보며 눈이 동그래졌다.

허리디스크로 입원했던 우철을 병문안한 지 두 달도 안 지났던 터다.

"힘들긴, 뭘. 에구구. 아따~ 엄니가 한 무게 하시네이?"

"아유~, 이를 어째. 그냥 씻지 말 걸 그랬나 보다. 미안해. 박팀장."

노인은 자기가 괜한 짓을 한 것이 아닌가, 마음이 불편했다.

"아녀요, 엄니. 지가 어제 쬐끔 과음을 했슈… 헤, 술에 장사 있나요? 자, 자 이제 씻읍시다요."

우철이 털털거리며 그녀를 두른 시트를 벗기기 시작했다. 노인의 나신이 드러났다. 어깨에서 허리 엉덩이로 내려가는 선이 완만했지만 굴곡져 있었다. 하얗고 통통한 몸매다.

우철이 뒤에서 그녀의 상체를 안고 엉거주춤 버티는 동안 조 선생이 하체를 들어 조심스레 욕조에 담갔다. 이어 혹시라도 젖무덤에 손이 닿을까 전전긍긍하던 우철도 그녀의 상체를 살며시 욕조에 내려놓았다.

명치 위로 반 뼘쯤 물에 잠긴 김 여사의 나신이 뽀얗게 흔들렸다.

78세의 노인의 몸이라곤 믿을 수 없었다. 우철이 기억하는 조모의 주름지고 마른 가슴이 아니었다. 아직 살집이 붙어있는 유방이었다. 허리와 골반의 선이 살아있었고 검은색의 하초가 유난히 눈에 띄었다.

'와우!', 우철은 속으로 탄성을 질렀다. '누워 지낸 지 3년이 다 됐는데… 근육양도 꽤 되고… 음모도 백발이 아니네…'

연신 노인의 목과 어깨를 적시던 우철이 타월에 비누를 풀었다. 오른손으로 시작해 어깻죽지와 견갑골 쪽을 닦아 올라갔다. 주먹을 쥐듯 움켜쥔 왼손은 한동안 마사지를 한 후 가능한 만큼 벌리고 손가락 사이사이에 비누 거품을 일으켰다. 우철은 타월의 힘을 조절하며 천천히 겨드랑이와 뒷목, 귀 뒤를 닦아 낸다. 그의 얼굴에서 땀이 떨어지기 시작했다. 이어 그녀의 앞쪽으로 다시 자리를 잡은 우철이 유방 언저리와 쇄골 쪽을 거품타월로 부드럽게 문지르기 시작했다. 김 여사의 볼에 살포시 홍조가 어렸다.

"이야~, 우리 엄니. 피부가 백옥이네. 정말 아픈 사람 맞아요? 얼른 나아서 시집 한 번 더 가도 되겠네. 아버지 가신지도 20년이 넘었다며—"

"아— 박 팀장님은 우리 어머니 처음이지? 맞아요. 우리 엄니들 중에 제일 피부가 좋다니까? 김 선생님은 목욕할 때마다 부러워하잖아"

부러 소리를 내며 흥청거리는 우철에게 조 선생이 장단을 맞추었다.

"왜, 김 선생도 피부 좋더구만. 아우, 실없는 소리들 그만해ㅡ"

싫지 않은 듯 노인의 얼굴에 미소가 번졌다.

복부와 엉덩이, 머리감기기는 모두 조 선생이 맡아서 했다.

그리고 우철이 목욕 도구들을 정리하고 욕조를 닦는 동안 조 선생은 노인의 손톱과 발톱을 깎고 속옷을 입히는 등 목욕을 마무리했다.

우철이 말끔하게 반짝이는 김 여사를 안고 집으로 향했다.

씻기는 동안 잊었던 통증이 다시 엄습했다. 그녀를 간신히 침대에 눕힌 우철이 식은땀을 흘리며 자리에 주저앉았다. 노인의 딸이 수고했다며 음료수를 건네고 조 선생은 괜찮냐며 그의 안색을 살폈다.

"아따, 영희 엄니. 피부며 몸매가 장난 아니네. 10년 앓은 사람이 그래도 되는 거야?"

"김 선생하고 나도 처음에 정말 깜짝 놀랐다니까! 낼모레면 여든인데 피부는 한 오십밖에 안 된 것 같애ㅡ"

"가슴도 아직 쭈그러지지 않았던데? 하초도 검은색이고. 아니

정말 일혼여덟에 뇌경색 환자 맞아?"

"박 팀장님이 몰라서 그래. 그 집 엄청 잘 살았나 봐. 근데, 그 할아버지 병원비로 다 까먹고 지금은 그렇게 살지만… 그리고 그 딸이 어머니한테 그렇게 잘하나 봐. 세 끼 식사에 과일이나 요구르트 간식 꼭 먹이고 약 챙겨 먹이고, 운동시키고─. 처음 우리가 목욕하러 가니까 그렇게 고마워하더라."

"효녀네… 아무리 딸이라지만, 요즘 그런 딸이 어딨어."

복지관으로 돌아가는 목욕차 안에서 그들은 한참이나 김 노인에 대한 '뒷담화'를 나눴다. 우철은 갈현동 길과 통일로가 만나는 횡단보도에서 조 선생을 내려 주었다. 복지관으로 향하는 그의 머리에 노인의 뽀얀 살결이 떠올랐다. 좌반신편마비로 와상 중인 노인의 피부가 어찌 그럴 수 있을까 아무리 생각해도 신기할 뿐이었다.

'확실히 이상한 사람이다.'

'고생하는 건 알겠는데 웬 뜬금없이 누드의 미? 오늘 할머니를 씻기더니 충격을 받았나?'

자의 반 타의 반으로 술자리를 함께한 경훈은 느닷없이 누드에 관한 장광설을 풀어내는 우철을 이해할 수 없었다.

'참 가지가지 한다. 관장 욕이나 하던가. 뭔 소리야, 피곤하게… 도대체 목욕 얘기 하다가 무슨 누드 얘기냐고.'

"야— 듣고 있냐?"

"예 말씀하세요."

"그니까, 넌 여자의 몸인지 아니면 남자의 몸인지 어느 쪽이 더 아름답다고 느끼냐구, 어느 쪽이냐 말이야—"

"아 형님도. 당연히 여자가 예쁘지요. 남자 몸이 뭐 볼 게 있다구."

"경훈아, 말이다. 암수로 나눠진 것들은 대부분 수컷이 이뻐. 꿩, 공작, 닭. 새들을 봐. 뭐 다른 것들도 마찬가지고. 그래. 사자 봐봐. 왜 그런지 알지?"

"암컷한테 선택당할 확률을 높이기 위해서요? 그거 아니에요? 하지만, 사람은 아무래도 여자가 더 아름답잖아요? 그 라인이 있잖아요. 에스라인이니 브이라인이니 하는… 남자가 이뻐봤자지. 형님. 내가 헬스 한 지 몇 년인데, 남자 몸은 멋있구요, 아름답다는 건 어딜 봐도 여자지요."

"얌마, 그건 그래서가 아니야… 아냐. 그만하자. 그거까지 얘기하자면 응, 뭐라구 얘기해야 할까… 에이 씨, 그만하자. 근데, 경훈아, 맞아. 니 헬스 한다고 했지? 맞다. 맞다. 그래, 니 몸도

참 멋지지. 그래. 니도 아름다워…"

"에이~ 형님. 왜 그래요. 형 혹시 여자보다 남자를 더 좋아하는 거…"

"에라 잡놈아, 그건 아니구, 짜샤. 형님이 얼마나 여자를 좋아하는데ー 나는 그냥 순수하게 육체의 아름다움에 관한 느낌을 너와 공유하고 싶어서 이러는 거여, 내가 오늘 뭘 좀 봤잖냐."

"형님도… 그 김영희 어르신 목욕한 게 충격적이었나 봐요?"

"뭘, 충격씩이나. 근데 하나 물어보자. 넌 헬스를 왜 하냐? 건강을 위해? 여자 꼬실려고? 자기만족? 그거 계속할 거냐? 마, 나는 헬스 한 번도 안 해도 군대에서 자동으로 몸이 만들어지더만. 물론 지금이야 배만 나왔지만…"

"당연히 건강을 위해 하는 거지요. 여자 꼬시는 건 모르겠구, 자기만족도 맞는 것 같은데요? 군대야 공익으로 갔다 왔으니까 형님하곤 아예 다르고, 젊을 때 몸 만들어 놓으면 좋잖아요. 결혼하고 애 키우고 하면 제대로 운동이나 하겠어요? 형도 안 하잖아요."

"짜샤. 형은 군대서 워낙 빡시게 운동했으니까. 그리고 너도 결혼하고 10년 더 살아봐라. 클클. 먹고 살기도 지랄인데 뭔 운동이냐, 새로 여자 만날 것도 아니고 뭐하러 몸뚱아리에 열을 내냐. 마 오늘 그 할머니도 운동 안 해도 피부만 좋더라~"

"아. 무슨 얘길 하는 거예요─ 형 취했죠?"

"취하긴, 인마. 수컷의 몸이 아름다워. 그런데, 그건 그 뭐라 할까~ 젊음으로 꼭꼭 뭉쳐졌을 때. 그 나이 때의 생기. 열기? 그런 게 막 발산될 때, 그럴 때. 그래서 여자보다 아름다운 거야. 뭐, 늙어서라도 몸 관리하면 좋겠지만~ 너무 몸이니 건강이니 매달리면 그건 그거대로 꼴불견 아니냐? 야. 그리고 그거 아냐? 남자 복지사가 여자 대상자를 씻긴 건 아마 내가 유일할걸?"

"어? 그렇고 보니 그렇네요. 말이 쉽지, 어느 어르신이 그걸 허락하겠어요. 인지기능이 정상이라면요. 그런데, 좀 웃긴 건 남자 어르신은 여자가 씻겨도 되고 여자 어르신은 꼭 여자가 씻겨야 되고. 왜 그러죠? 다 똑같이 힘든 환자들인데…"

"글쎄, 왜 그럴까? 대한민국이 후조선이라 그런가? 대상자는 노인들이고, 그네들 남녀관은 고정되어 있고, 아니 윤리관. 뭐 가치관이라고 해도 되겠네…"

우철의 말꼬리가 점점 작아지고 있었다. 경훈이 테이블을 둘러본다.

'보자. 이미 소주 세 병이고, 내가 다섯 잔을 마셨으니 이 양반이 두 병 반 조금 안 되게 마셨네? 반병쯤 더 마셨구만.'

"형님, 더 하실 거예요? 오늘은 그만하지요."

"야. 한 병만 더하자. 아니면 맥주로 할까?"

"아니요, 형님, 오늘 아홉 시에 누굴 좀 만나기로 해서요."

"누구. 아, 은지? 와. 우리 경훈이 장가갈 수도 있겠다? 지금 몇 시냐? 여덟 시네?"

"예, 지금 가면 될 것 같아요. 형님, 여기요."

경훈이 만 원짜리 한 장을 우철에게 내밀었다.

"아 됐어. 얼릉 가라. 뭐 얼마나 나왔다고 나눠 내냐. 그냥 택시 타고 가라."

"예 그럼 갈게요. 내일 봬요."

'돈 굳었네. 은지는 뭔 은지. 깨진 지가 반년이 넘었구만. 하여간…'

경훈이 호프집 문을 열고 나갔다.

오전 7시 50분.

조 선생이 복지관 입구로 들어선다. 목욕차 물탱크의 수온을 체크하던 우철이 손을 흔들었다.

9월 하순으로 접어드니 일교차가 나기 시작해 오전에는 조금 따끈한 온도로 물을 덥혀야 했다.

"물 다 데우셨어요? 김 선생님은 아직 안 왔구?"

언제나 에너지가 넘치는 조 선생이 우철의 곁으로 다가왔다.

"아무래도 수색에서 오는 거니까, 곧 오겠지요. 조 샘, 커피 마실 거지? 내 것도 한 잔만 타주라. 아직 커피도 못 마셨네."

"그래요. 물 적게 넣고?"

"타다 주는 게 어딘데, 자기 맘대로~ 침만 뱉지 말고."

"알았어. 침이란 말이지?"

조 선생이 깔깔대며 사무실로 향했다.

목욕팀은 평균 여덟 시에 출근을 했다. 다른 직원들이 아홉 시에 출근하는 것에 비해 언제나 한 시간 이상 일찍 나왔다. 목욕차의 탱크에 물을 채워 덥히는 시간이 필요했다.

얼마 지나지 않아 김 선생이 출근했다.

우철은 커피를 마시며 그들과 당일 목욕 일정을 조율하고 목욕차의 시동을 걸었다.

"오늘 첫 집이 응암동의 이부귀 어르신이네? 집 안에서 하기 좀 춥지 않을까? 낼모레면 10월인데."

김 선생이 걱정을 하니 조 선생이 걱정 말라며 말을 잇는다.

"괜찮아. 아까 복지관 오자마자 전화해서 보일러 빵빵하게 틀라고 했어."

"아유, 오늘은 또 얼마나 피를 볼라나. 우리 어른들 중에 제일 심하잖아, 좀 나아지셨나 모르겠네"

"그만해도 어머니가 엄청 잘 돌본 거야, 병원에 있었으면 더 엉망일 거야, 엉덩이고 등짝이고 밤톨만 한 욕창이 어디 한두 개야? 일주일에 한 번씩은 목욕을 해야 하는데… 참 그럴 수도 없구…"

"아, 난 그 집만 가면 마음이 아파ー"

40대 후반의, 남자 못지않은 체격을 지닌 김 선생은 외모와 달리 마음이 여렸다. 우철은 조금 무뚝뚝해도 전반적인 일 처리에 능숙한 조 선생과 노인들과의 정서적인 교류에 능한 김 선생의 궁합이 아주 이상적이라 생각했다.

목욕차가 응암동의 정신병원 길 아래 골목길을 곡예 하듯 헤집고 나아갔다.

우철 일행이 노인의 집에 도착하니 배우자가 대문 앞에서 기다리고 있었다. 슬하에 자식이 없기도 하지만, 집안의 반대를 무릅쓰고 오른쪽 다리가 짧은 이부귀 노인과 결혼한 배우자의 의리는 50여 년 동안이나 변함없이 각별했다. 그녀는 이 주일에 한 번 오는 목욕서비스를 진심으로 반겼다.

김 선생이 그녀의 손을 잡고 호들갑스레 인사를 나누는 동안 조 선생과 우철이 목욕 도구를 챙겨 집 안으로 들어섰다. 초점 없는 눈빛으로 허공을 탐색하던 노인의 까맣게 마른 얼굴이 그들을 맞았다.

우철이 노인의 상태를 살피며 보호자와 간단한 상담을 하고 목욕차로 돌아온 후 20여 분이 지났을까. 도움을 청하는 조 선생의 호출이 왔다.

노파심으로 한걸음에 들어서니, 욕실 앞에서 김 선생이 발목을 부여잡고 앉아 있었다.

"아버님을 방으로 옮기려다 욕실 바닥에 미끄러졌어요."

"어르신은요?"

"들기 전에 넘어진 거니까 아버님은 괜찮아요."

조 선생이 상황을 설명했다.

두 명이 움직이기도 버거운 좁은 욕실 바닥에 노인이 뻣뻣하게 누워 있었다. 노인의 밑에 깔린 매트에는 여기저기 핏자국과 진물 흔적이 남아 있다.

우철은 조심스레 매트를 움켜쥐었다. 안방 요 위에까지 열 걸음 동안, 고목나무 색깔에 깡마른 노인은 그저 눈만 껌벅이고 있었다. 그의 등과 엉치, 둔부의 구멍들에서 옅은 진물이 흘러나왔다. 피골이 상접한 몸매와 퀭하게 움푹 들어간 두 눈의 외모가

흡사 미이라 같았다. 미이라가 숨을 쉰다면 바로 이 모습일 것이다. 거대한 거머리들에게 뒤판을 빨린 미이라.

노인을 안방에 눕히자 조 선생이 욕창의 진물을 가제로 닦아내고 분을 뿌리며 마무리 처치를 했다. 노인의 아내가 기저귀를 채우느라 분주하다.

의료함에 있는 귀이개를 챙기려 거실로 나가던 우철이 멈춰섰다.

수납장 위 벽면에 붙어 있는 사진 한 장이 그의 시선을 잡았다.

40대의 중년 남자가 웃통을 벗어젖힌 반바지 차림으로 비스듬히 서서 이두근과 대흉근을 자랑하는 포즈의 사진이었다. 막노동으로 만들어진 근육이 아니었다. 아몬드처럼 올라온 충실한 이두근과, 말발굽 모양의 선명한 골이 보이는 삼두근, 터질 듯한 대흉근은 전문적인 육체미 선수의 몸이라 해도 과언이 아니었다. 극한까지 근육을 펌핑한 고통이, 커진 근육을 가르기 위해 흘린 땀내가 느껴지는 적나라한 사진이었다. 한쪽 다리가 짧다는 핸디캡까지 감안한다면 젊은 이부귀의 근육은 엄청난 것이었다.

"엄니, 이거 아부지 사진인가? 하, 처음 보는 것 같네. 어르신 맞죠?"

"맞아요. 그거 오래전에, 그러니까 오십 좀 넘어선가, 체육관에 다닐 때 찍은 거예요. 벌써 20년도 넘었네요."

"50대? 우와! 40대로 보이는데? 그것보다 아버님 정말 몸 좋으셨네! 몸짱이야. 알통 제대로 키우셨는데?"

"그렇지요? 이 양반이 워낙 운동을 좋아하셔서… 그 사진을 제일 아끼셨죠. 처음에 누웠을 때는 그 사진만 바라보고 있었고…"

담담한 그녀의 말에 우철은 뜬금없이 목소리를 높였다.

"치료 잘 받고 얼른 일어나서 또다시 몸 만들면 되지, 뭐."

"아이구… 그래요, 박 팀장님. 말이라도 고맙네. 하지만 그게 어디 당키나 하나?"

"뭐… 쪼끔, 무리는 무리겠네요. 뭐, 그래도 못할 거 있나요? 알통을 저 정도로 만들 정도면, 아버님 보통 사람 아녀유. 불가능한 일이 어딨어~, 열심히 영양 섭취 하고, 약 잘 챙겨 드시고, 욕창 관리 잘하면, 안 낫겠어요? 그쵸오?"

그가 누워 있는 노인을 돌아보며 과장되게 너스레를 떨었다.

의료함을 갖고 노인의 옆에 앉은 우철이 '아부지 인자 털고 일어납시다. 다시 몸짱 되야지─', '들리면 뭐라 한마디 해 보소'

운운하며 노인의 귀지를 파내기 시작했다. 오른쪽 귀 뒤의 올록볼록한 수술자국이 슬쩍슬쩍 그의 손가락을 건드렸다.

입을 반쯤 벌리고 먼 곳을 응시하던 이부귀 노인의 눈에 물기가 어리는 것을 아무도 알지 못했다.

우철은 간만에 목욕탕에 간다고 좋아서 팔딱거리는 여섯 살배기 아들의 손을 잡고 남탕으로 들어섰다. 오전 나절 시청 인근에서의 사회복지사 보수교육에 참석 후 두 시간 일찍 퇴근하는 행운을 얻은 날이다.

평일 오후의 목욕탕은 한산했다.

사우나실에는 동네 슈퍼 사장님만 있을 뿐 탕 안은 썰렁한 기운마저 돌았다. 십여 분간 열탕에서 몸을 불린 우철은 세신사洗身士가 기다리고 있던 침대에 몸을 눕혔다.

복지관의 재가복지팀에서 이동 목욕팀으로 발령이 난 후, 우철은 생전 처음으로 남에게 몸을 맡겨 보았다. 목욕팀으로 발령이 났으니 적어도 몸을 씻기는 기본은 알아야겠다 싶어서였다. 물론 목욕팀의 업무분장에는 사회복지사가 직접 대상자를 씻기는 부분은 없다. 서비스 의뢰가 들어온 노인의 초기면접과 판정

회의, 사업 관련 행정업무와 봉사자들의 관리가 전부였다. 하지만, 현실은 기본 업무 이외에 차량운행이 당연시되었고, 봉사자들의 갑작스런 불참이나 기타 상황에 따라서 직접 대상자를 씻기는 경우도 왕왕 있었다. 어찌 됐건 배우려는 자세로 받기 시작한 세신 서비스는 우철이 가장 사치하며 즐기는 격월 행사가 되었다.

세신사는 두피 마사지를 하고 나서 손부터 밀기 시작했다. 그리고, 팔과 가슴, 배, 다리의 순으로 오른쪽 반신의 때를 밀었고, 곧이어 좌측의 반신을 같은 순서로 진행했다.

"손님이 별로 없네요?"

"아직까지는 낮에 더우니까요, 그래도 정기권 끊은 손님들이나 조기축구회에선 꾸준히 오십니다."

엎드리라고 옆구리를 두어 번 두드리며 세신사가 대답했다.

"우리 김 사장님은 하루에 얼마나 많이 닦아 봤어요?"

"… 아마 많을 땐 한 서른 명? 애들 포함해서."

"어이구, 힘 좋으시네요. 그렇게 많으면 지치지 않아요?"

"아무리 요령이 있어도 지치죠. 안 지치겠어요?"

"그럼 요즘 같으면 할 만하겠네요?"

"뭐 요즘이야 그냥저냥이죠. 날이 차가워져야 손님이 좀 더

늘지요… 아, 놀면 뭐 합니까, 놀면 누가 돈 주나요?"

"하긴 바빠도 돈 버는 게 낫지!"

"그렇지요. 힘이 들어도 그것 때문에 일하는 거잖아요."

팡! 팡! 경쾌한 소리가 탕 전체에 울렸다. 세신사가 타월을 다시 손에 감았다.

"덩치 좋은 손님은 더 힘들겠어요?"

"하하, 그러게요. 하지만, 어떤 경우엔 그게 더 편해요. 면적이 넓으니까, 미는 게 쉬워요. 뼈마디도 그리 신경 안 쓰이고."

"그럴 수도 있겠네―. 그럼 노인들 같은 경우는 어때요?"

"노인들은 신경이 조금 쓰이죠. 먼저 물어봐야 되요. 불편한 데 없냐구, 뭐. 그래도 이제 한 십 년 되니까 웬만하지 않으면 물어보지도 않아요."

"그냥 봐도 아픈 데가 보여요?"

"에이 그건 아니죠. 내가 의산가? 하지만, 몸을 닦다 보면 근육 뭉친 거나 신음소리 듣고 대충 감을 잡죠. 아 세차 안 해 봤어요? 차 닦다 보면 흠집 난 곳도 보이고 땜빵 한 데도 만져지잖아요. 차나 사람이나 똑같아요―"

그는 신형으로 나온 차와 연식이 오래된 차, 그리고 관리한 차와 그렇지 못한 차를 예로 들며 '사람이나 차나 다른 게 없다'는

지론을 폈다.

세신사는 마지막으로 '멘소래담 비누칠'로 우철의 때 밀기를 마무리했다.

우철은 상쾌해졌다. 자신의 몸 구석구석에 눌어붙어 있던 먼지덩이들과 잔 홈집들이 노련한 세차사 덕분에 말끔히 씻겨져 없어진 것 같았다. 마치 공장에서 갓 출고한 차가 된 느낌이었다.

10월로 접어들면서 노인복지관은 분주해졌다. 어떤 날은 하루에 두 번씩 관장 주관하에 팀장 회의가 이루어졌다. 회의는 짧아야 한 시간, 길면 세 시간도 갔다. 팀장급 이상 직원들의 얼굴에 화기和氣가 사라졌다.

본래 업무 외에도 이리저리 불려 다니며 업무지원을 하던 우철은 입에 육두문자를 달고 살았다.

"경훈아, 사회교육팀 전시회 갈 거 다 준비했냐? 목욕차 대놓고 바로 출발 가능하겠냐?"

목욕업무를 마치고 복귀하며 통화를 하던 우철이 버럭 고함을 질렀다.

"아, 씨부랄 넘의 팀장년, 어제부디 준비 디 됐다고 운전만 부탁한다면서, 아직도 작품 기다린다고?"

"그럼 어떡해요, 어르신이 오늘 아침까지 가져오신다 하고 잊어버리셨다는데, 지금 가져오고 계실 거예요."

휴대폰에서 팀장 대신 욕을 먹고 있는 경훈의 볼멘소리가 건너왔다.

"야! 시꺄, 지금 다섯 신데 그거 받아서 언제 세팅 끝내냐. 받아 둔 것들이라도 미리 세팅을 해 놓던가. 또 열한 시 퇴근하라고? 옮겨다만 줄 거니까 알아서 해."

"아—, 형님…"

우철은 거칠게 폴더를 닫았다. 그리고 휴대폰 전원을 아예 꺼 버렸다. 며칠 전부터 우철은 휴대폰을 송신 전용으로만 쓰고 있었다.

'아주 염병을 해요. 매일 업무시간에 회의나 하고 자빠졌다가 정작 일은 업무 끝나면 시작하고, 하루 이틀도 아니고 겨우 밥 한 끼 사주면서 열 시 열한 시까지 부리는 새끼들이 어딨어. 에이. 비영신들, 이러니 복지사라는 새끼들이 개무시 당하지.' 우철은 종이컵을 빼 들고 카악 거리며 가래침을 뱉었다.

10월은, 10월 2일 노인의 날을 시작으로 사회교육팀의 추계현장학습과 어르신 작품 전시회, 재가복지팀과 주간보호소의 가을소풍, 가족간담회 등의 행사가 동시다발적으로 진행된다. 노인복지관의 모든 사업팀들은 분주하게 움직였다. 더불어 지극히 비효율적인 회의나 업무조율 등으로 시간을 보내고 이를 보충하는 야근도 끊이지 않았다.

우철의 성질부림에도 불구하고 작품 이송뿐만이 아닌 전시회장 세팅까지 마친 것은 결국 밤 10시가 넘은 시점이었다.

땀과 먼지 범벅이 된 우철이 커피 한 잔을 빼 들고 담배에 불을 붙이며 행사장 밖으로 걸음을 옮겼다. 휴대폰을 켜고 집에 전화를 했다.

"후우. 응! 그래. 다 끝났어. 아빠 금방 갈 거야. 아들~ 먼저 자."

통화를 끝낸 우철이 전원을 누르는 데 핸드폰이 요란한 소리를 내기 시작했다.

"여보세요? 조 샘. 어쩐 일이요, 이 시간에? 아. 전화기를 꺼놓고 있었어요. 그런데, 뭣 때문에?"

재를 털던 손가락이 잠깐 멈추었다.

"그래요? 허… 뭐, 가실 때가 되어 가신 건 알겠고, 어쩔 수 없잖아요? 근데… 나를? 꼭 집어서? 에이 아니겠지. 다른 박 팀장이겠지. 장애인복지관 박 팀장 아니고? 아 맞다. 걔 과장이지─ 알았어요. 그럼 거기서 봐요."

이부귀 노인의 부음이었다. 저물녘에 가셨다는 소식이다.

조 선생은 서너 시간 전 고인의 아내에게 직접 연락을 받았고, 그녀에게 우철이 꼭 한 번 들러주길 바란다는 부탁을 했다고 한다.

전화를 끊은 우철은 부장에게 상황을 알린 후 구산동 언덕배기의 시립병원으로 차를 몰았다.

조금 이상했다.

우철이 노인들의 장례식에 참석한 것은 이전에도 가끔 있는 일이었다. 대부분 업무를 보며 인간적으로 좀 더 가까워진 대상자의 경우에 국한되는 일인데, 이부귀 어르신은 1년 동안 목욕서비스를 제공하면서도 그리 많은 교감을 나눈 기억이 없었다. 이미 언어기능을 상실함으로 대화를 한다는 것은 불가능했고, 눈빛이나 표정으로도 진지하게 의사소통을 한 적이 없었기 때문이다. 우철이 생각하기에 고인과의 관계가 그리 가깝거나 친밀한 것은 아니었다.

이부귀 노인은 전신이 강직되어 7년간 와상생활을 했다. ADL[1]은 뇌졸중 발병과 동시에 사라져버렸다. 초기면접 시의 여러 정황을 볼 때 인지능력도 '없다'라는 것이 노인에 대한 우철

---

1 Activities of Daily Living. 일상생활수행능력.

의 소견이었다.

'내가 무슨 실례한 일이 있었나?'

우철은 노인과의 일들을 곰곰이 되짚으며 장례식장에 들어섰다. 분향소 맞은편에 있는 접객실에서 문상객들에게 음식을 차리고 있는 김 선생의 덩치가 눈에 띄었다.

분향소에는 위패와 향로만 덩그러니 놓여 있었다. 친척인 듯 보이는 노인과 대화를 나누던 고인의 아내가 우철을 발견하고 반색을 하며 다가왔다. 우철이 고개를 숙였다.

"어머님 죄송합니다. 일하다 전갈을 받아서 의복도 제대로 차리지 못하고 왔네요…"

"박 팀장님도, 별말씀을 다 하십니다. 내가 그리 서둘지 않아도 되는데… 죄송하네요…"

옷매무새를 가다듬은 우철이 배례 후 상주와 인사를 나누었다.

"어머님, 상심이 크시지요. 아버님은 어떻게…"

"…오늘 저녁에 가셨어요. 제가 점심을 늦게 먹고 잠깐 졸다 일어나 보니 이미 숨이 끊어져 있더라구요. 언제 가도 이상할 게 없는 양반이니… 조용히 가셨어요. 아무 소리도 없이…"

우철은 공손히 머리를 끄덕이며 그녀의 두 손을 모두어 잡았다.

"그 양반이, 이틀 전에 꼭 박 선생님을 뵙고 싶다고… 말을 하더라구요…"

우철의 눈이 휘둥그레졌다.

"예? 말을요? 아버님 말씀 못 하시잖아요?"

"예. 7년 동안 말을 못 했었지요. 아니 안 하셨데요… 할 말이 없었답니다… 송장이 무슨 얘기를 하냐면서. 그런데 박 팀장님이 지난번에, 일어나서 다시 몸 만들라는 말씀을 듣고… 그게, 그렇게 고마웠다네요… 자기가 아직 살아있다는 걸…, 그제야 알았다네요. 자기도 젊음이 있었다는 게 생각났데요. 다시 건강해지는 게 불가능한 일이란 걸… 알지만, 그래도 말이라도 그리 해준 박 팀장에게 꼭 고맙다는 말을 전하고 싶다며…"

그녀의 손을 잡고 있던 우철의 손이 풀렸다.

흐릿한 풍광이 떠올랐다.

가을빛에 잠긴 산과 계곡이다.

맹추孟秋의 석양, 시나브로 노을 지는 계곡에 노랑빛·진홍빛으로 청계淸溪에 단풍 물이 내려앉았다.

그 맑은 계곡물에 먹을 감는 수컷이 하나 있다.

청류에 몸을 씻으며 가끔 절뚝거렸지만, 그의 강건하고 탄력 있는 청동빛 나신은 환하게 빛나고 있었다.

해우解憂

1.

가을비가 추적거리는 오후에 노인을 만났다. 켜켜이 쌓인 폐지와 잡동사니로 어수선한 그의 방에서, 나는 같은 얘기를 되풀이했다.

"그러니까, 이제부터는 저나 김 선생 대신 독거노인관리사 선생님이 주로 방문을 하게 될 거예요. 아버님 필요한 게 있거나 하면 그 선생님께 말씀하시고요, 말동무도 하시고 친하게 지내보세요."

"그럼 도시락은 이제 안 오나? 최 팀장 안 오면 목욕도 못하는 거 아냐?"

"아니에요. 도시락도, 목욕도 계속할 거구요. 구청 도우미도 그대로 옵니다. 그냥 새로운 선생님 한 분이 더 들르실 거예요."

"그래… 근데, 뭘 그렇게 많이 나와? 지금 복지관에서 해주는 것만도 넘치는데, 늙은이 하나 때문에 너무 과한 거 아니야?"

"뭐, 나라에서 어르신들께 좀 더 잘하겠다는 거지요. 덕분에 저야 없던 일이 생기긴 했지만, 손해날 건 없잖아요? 그리고 아버님이 워낙 점잖고 매너도 좋아서 다들 추천하니까 좀 귀찮더라도 좋게 생각하세요."

방안의 습기에 퀴퀴한 곰팡내가 밀려왔다. 방문 후 벌써 한 시간이 지났다. 가야 할 집이 세 군데나 남아있어 더 이상 머무를 수가 없었다.

굳이 현관까지 따라 나오는 노인을 제지하고 상담일지를 품었다. 어쭙잖게 내리는 비였지만, 지상으로 오르는 계단을 적시기에는 충분했다. 거리에는 누렇게 뜬 플라타너스 잎들이 맥없이 떨어져 아스팔트 위를 덮고 있었다.

사무실로 복귀하니 마침 독거노인 관리사들의 교육이 끝난 직후였다.

남 간호사가 교육을 끝낸 몇몇의 중년 여인들과 대화를 나누고 있었다. 나는 가벼운 목례로 그들에게 다가서며 너스레를 떨었다.

"안녕들 하세요! 무슨 이야기가 그리 심각합니까? 교육 끝났으면 얼른얼른 귀가들 하셔야지, 무슨 문제라도 있습니까?"

"최 팀장님 안녕하세요. 아무 일 없어요. 집에 가기 심심해서 우리 이쁜 남 간호사하고 이바구 좀 하고 있었지요, 호호."

"허, 조카 같은 남 간호사를 넘보다니요, 그럼 안 되지요."

"어머, 조카는 무슨, 남 간호사님, 내가 이모 같아?"

콧소리로 호들갑을 떠는 김춘희 관리사의 농에 스물여덟 남형식 간호사의 얼굴이 붉어졌다. 그의 순진스럼에 또다시 웃음이 터졌다.

"김 여사님, 조 여사님. 우리 순댕이 놀리지 마시고 일 보셨음 싸게 돌아가시요, 이윤숙 선생님은 저 좀 잠깐 보고 가시고요."

나는 이 선생을 회의실로 안내했다.

"선생님, 도시락 봉사하시죠? 어느 동에 나가죠?"

"거기, 불광 3동을 주로 나가지요."

"그래, 그런 거 같았어요. 그럼 김해우 어르신 잘 아시겠네요."

"뭐, 잘 안다고 하긴 어렵지만 그래도 일주일에 두 번은 꼭 뵈니 모른다고 하기도 그렇고, 그러네요."

"그럼 됐습니다. 제가 이동 목욕으로 옮기고 나서 도시락 쪽 대상자가 많이 바뀌었다고 들어서요. 해우 어르신을 모르신다면 따로 당부를 드리고 싶은 말이 있어서, 그래서 뵙자고 했던 거예요."

"당부할 게 뭔데요? 도시락이야 화요일하고 목요일 배달해 드리지만, 기껏해야 안부 여쭙는 정도지, 제가 그 어르신에 대해 뭘 알겠어요."

"그건 선생님이 차차 알아 가시면 될 거 같구요, 일단 얼굴은 아는 사이니까 제가 그리 신경 안 써도 되겠네요."

"… 설마 나보고 그 어르신을 담당하라는 거예요?"

"와우, 눈치도 빠르시네요. 맞습니다. 그렇게 해달라구요."

"아이, 최 팀장님! 전 남자 어르신 안 한다는 거 알잖아요. 다른 사람 알아보세요."

"안 돼요. 거기 적임자가 이 선생님밖에 없어요. 아, 집도 가깝겠다, 동네 환히 알겠다, 그리고 어르신들에 대한 정성이 선생님만 한 선수가 없잖아요. 요즘 그 어르신 많이 어두워지셨어요. 말씀도 없어지고, 조금 신경 써서 봐야 해요. 그런 곳에 시간만 때우고 떠나는 선생님들이 들어가면 사업 망해요. 언제나 웃으면서 어르신들을 부모님처럼 모시는 이 선생님이 꼭 들어가셔야 해요."

나는 '당신밖에 없다'라는 주문을 외우며 이 선생과 눈을 맞추었다.

"그 어르신, 혹시 여자를 밝히거나 그런 거는 아니지요?"

"아이구, 무슨 그런 말씀을… 걱정하지 마세요. 그건 절대 아닙니다요. 얼마나 점잖은 분인데요. 그렇다면 제가 선생님께 말도 안 꺼내지요. 그 어르신하고 인연이 벌써 몇 년인데요."

이윤숙 선생은 노인들의 성性문제에 예민한 반응을 보였다. 나이가 쉰셋에 슬하의 아들 형제가 장성했음에도 그녀의 경계심과 혐오감은 유별났다. 물론 그럴 수밖에 없음을 나는 익히 알고 있었다. 그녀의 트라우마를 이해하는 사람은 복지관에서 총괄부장과 나 두 사람뿐이었다. 이 선생의 그것은 혐오감이라기보다 공포심에 가까웠다.

"걱정 마세요. 전에 그 양반하고는 차원이 다른 분이니까요. 그리고 별거 아닐 수도 있지만, 아까 말씀드렸듯이 요즘 김해우 어르신 건강이 안 좋아 보여요. 뭐, 잘 알아서 하시겠지만, 혹시 방문 중에 좀 이상하다 싶으면 바로 119를 부르시라고요. 아, 그리고 CPR 교육은 받으셨나요?"

"전에 받긴 했는데, 잘 몰라요. 그 어르신이 그렇게 위중한가요? 보기에는 괜찮던데…"

"맞아요. 저도 CPR은 몇 번 받아봤지만, 실제로 해보지 않아서 자신은 없네요. 그러니까 어떻든 이상하다 싶으면 바로 119에 연락하시고요. 그리고 저나 남 간호사한테 전화주세요. 전화번호 아시죠?"

"예, 알겠어요. 그래야죠. 그런데, 좀 신경 쓰이네요."

"괜찮아요. 뭐, 어르신들 보는 거 하루 이틀 했습니까? 밤새 안녕이라잖아요. 김해우 어르신뿐만 아니라 다른 양반들도 마찬가지고요. 조금만 더 신경 쓰시라는 얘기지요."

말을 마치고 못 미더워 하는 이 선생에게 절대로 재작년 일을 떠올리면 안 된다고 강조했다.

하지만 곧 후회했다.

2년 전 도시락 배달 차 들른 집에서, 사망한 지 이틀이 지나 부풀어 오른 강 노인의 알몸과 맞닥뜨렸던 악몽을 도리어 떠올리게 한 것 같았다. 이 선생은 미간을 찌푸리고 '알았다'며 회의실을 나갔다. 그녀의 걸음에 짜증이 묻어있었다. 마음이 편치 않았다.

강 노인 사건은 고독사孤獨死로 언론에 알려졌으나, 사인은 복

상사였다.

그의 애인은 강 노인의 안색이 변할 때 겁이나 자리를 피해버렸고 그녀의 존재는 알려지지 않았다.

이 선생을 배웅하고 돌아오니 남 간호사가 해우 어르신 별일 없었느냐고 물어왔다. 노인네들한테 별일이란 것이 뭐가 있겠냐며, 단지 이즈음 급속도로 노인의 표정이 어두워졌고, 가벼운 우울증 기미가 보인다고 했다.

자리에 앉아 컴퓨터를 켰다.

모니터의 화면이 밝아졌다. 나는 업무 폴더의 사례관리 파일을 열었다. 감…, 강…, 김…, 파란 블록을 내리며 '김해우'를 찾아 더블클릭을 했다.

비록 검버섯이 피어있지만 젊은 시절 '얼짱'이었을 거라 확신할 수 있는 노인의 얼굴이 한글 문서 위로 떠올랐다.

김해우金解憂. 생년월일: 1933년 4월 8일(음). 사회구분: 수급. 주소: 서울시 은평구 불광3동 000-00 지층 2호, 전화번호 000-000-0000. 생년월일의 바로 옆자리는 사회구분란이다. 노인이 일반인지 저소득인지, 국민기초생활보장 대상자인 수급인지가 가장 중요한 식별코드다. 동사무소든, 지역의 종합사회복지관이든 유관기관에서 서비스 제공의뢰를 받으면 대상자의 집을 직접 방문하여 사정청취事情聽取를 하고 제일 먼저 정리해야할 게 바로 사회구분이다. 지원해야 할 복지서비스의 물적·인적 자원은 한정되어 있기 때문에 서비스제공의 순위를 정할 수밖에 없다. 김 노인은 수급자이며 독거노인이다. 또한 불교대학을 졸업하고 사회복지사가 된 나와, 미미한 수준이나마 불법佛法을 논할 수 있는 유일한 친구이기도 했다.

모니터의 커서를 내리며 노인에 대한 막연한 찜찜함의 원인을 찾아본다.

2010년 02월 05일 금요일: 명절맞이 목욕서비스 시행(기안: 은노10-XXX, 보고10-XXX 참조)

2010년 02월 12일 금요일: 설날 특식 제공(기안: 은노10-XXX, 보고10-XXX 참조)…

특별한 신병 징후나 사건은 없어 보였다.

블록을 잡아 스크롤 하던 중 여름에 일어났던 경미한 사고를 발견했다.

2010년 07월 06일 화요일: 13시 30분경 중식 후 복지관 로비에서 배를 안고 쓰러짐. 심한 복통 호소하였으나 병원 이송 강력 거부, 30여 분 진료실에서 안정 취한 후 14시 10분 귀가(송영지원 – 최우혁 팀장).

　－상담일지, 간이보고 참조.

　서너 달 전 복지관에서 있었던 일이었다.

　'어휴, 이걸 왜 기억하지 못했지? 암튼 나도 참 문제다.'

　쓰러진 노인을 안아 진료실로 옮긴 거며, 병원으로 가자고 권유하다 성질을 내며 윽박지르던 기억이 생생하게 살아났다. 끙끙거리며 진료실에 누웠던 노인은 한사코 손사래를 치며 병원에 가지 않는다고 우겼다. 그리고 얼마 후 진땀을 흘리며 일어나서 집으로 가겠다고 걸음을 떼었다. 결국 '뭔 노인이 그리 고집이 거시기냐, 젊은 놈들 말을 들어야 착한 노인이지' 운운하며 차를 몰아 직접 집까지 모셨다. 노인은 거침없이 투덜거리는 나를 보며 빙긋이 웃을 뿐이었다.

　'뭐야, 그때 이후로는 뭐 별다른 거 없잖아. 괜히 예민하게 느끼는 건가?'

　노인의 파일을 훑어본 후 최근의 특이점을 찾지 못한 나는 조금 허탈해졌다.

"최 팀장님, 전화 왔어요."

남 간호사가 오른쪽 눈을 찡그리며 수화기를 흔들었다.

"이리 돌려, 근데 왜?"

"갈현동이요. 사헌사 밑에…"

"뭐? 이화순 어르신? … 어후, 또 뭐다냐, 암튼 돌려라."

전화벨이 두 번째 울릴 때 전화를 받았다. 급하게 심호흡을 하고 난 후.

"여보세요? 예, 엄니. 최 팀장이요… 예? 그러니까 그 간호사 님하고 하는 목욕은 끝났다니까요. 예. 보건소하고 우리 팀하고 같이 한 사업이고요, 그게 지난 6월로 끝났다니까, 자꾸 찾으시 면 우짠데요. … 예. 그러면 엄니 교회 친구들 있잖아요. 급하면 일단 그리 연락해보라니까… 엄니… 아따, 엄니. 우리가 놀고 있 소? 아니 그렇게 말을 하는 것이 아니라 경우가 그렇잖아요. 엄 니가 저희 서비스 싫으시면 그냥 안 한다 하시면 되는 거예요. … 예~"

수화기를 이마에 대고 송화부로 가끔 '예~' 하며 추임새를 넣 었다. 남 간호사가 안쓰러움과 존경의 눈빛으로 나를 바라보고 있었다.

"그러니까 엄니. 인자 고만하시고요. 엄니가 원한다면 그냥 이렇게 진행할 거고요. 아니면 다른 복지관 이동 목욕팀에 연락해 드릴게요. 예? 예. 엄니 지금 부장님이 찾으니까 이만 끊을게요. 다음에 또 전화 주세요. 목욕은 다음 주 화요일이요, 예. 예에~."

전화기를 내려놓으니 10분이 지나 있었다. 징글징글한 노인네다. 65세 이상 수급자만이 목욕서비스를 받는다는 것을 익히 알면서도 무려 3년간 복지관에 떼를 썼다. 그 결과 62세로 목욕 대상자 중 최연소 타이틀을 유지하고 있는 어르신이다. 이미 자치구 내 세 곳의 목욕팀에 블랙리스트로 등재된 유명 인사다.

이화순 어르신, 굳이 나이로 따지자면 어머니뻘이 되기는 한다.

하지만, 어머니라고 하기보다는 이모나 누님이라 하는 것이 그녀가 풍기는 분위기와 일치했다. 내가 목욕팀을 맡기 1년 전 이화순 '이모'의 '들러붙기'에 지친 전임자가 공정하고 엄격해야 할 판정회의를 생략하고 그녀를 목욕서비스 대상자로 선정하고 결재를 상신했다. 전임 팀장을 무한 신뢰해서인지 아니면 회의록을 들춰 보거나 했었는지 그녀의 판정 건은 부장과 관장 모두에게 결재를 득했다.

목욕팀의 신임팀장으로 당시 만 61세가 된, 뽀얀 화색의 '젊은 노인'과의 첫 상담은 무척이나 신선했다.

그녀는 내가 새로운 목욕 담당자라는 사실을 인지한 후 자신이 얼마나 아픈지, 얼마나 궁핍한 삶을 사는지 하소연하기 시작했다. 간간히 굵은 눈물방울을 떨구며 서러운 듯 자신의 삶을 녹여냈다. 또한 얼마나 충실하고 진실한 하나님의 딸인가에 대해 ―교우 자매들이 자신을 '천사'라고 부른다며 숭고한 자신의 믿음을 증명하기 위해― 한 시간 동안이나 쉼 없이 침을 튀겼다. 그리고 마지막으로 노인복지관에서 제공하고 있는 다양한 서비스와 물질적 지원이 우선적으로 자신에게 더 제공되어야 할 당위에 대해 호기롭게 궤변을 이어갔다.

그녀는 모노드라마의 변사辯士 같았다.

첫 만남의 날. 그녀는 나에게 새로운 도전정신을 불어 넣었다. 그녀에게 염치와 겸양이란 것이 있다는 것을 알려주고 싶은 마음이 솟구쳤다. 내게 눈물로 호소한 신병질환과 자신이 하나님 말씀으로만 살고 있다는 궁핍과는 다른 퍼즐 조각들이 방 안 군데군데서 보였기 때문이다. 꼭 '댕기머시기'라는 한방 샴푸를 써야 자신의 머릿결이 상하지 않는다는 세심한 설명과, 화장대 위를 꽉 채운 '시세이도' 화장품들에 대한 자랑을 들으며 '승부'해보고자 하는 결심을 했다. 설상가상으로 남에게 얻어 입는 옷이라도 '드럼' 세탁기를 써야 더 오래 깔끔하게 입을 수 있다는 말을 들었을 때, 나는 할 말을 잃고 말았다.

하지만, 그녀와의 승부는 시간이 갈수록 공방전이 아닌 나의 회피 일변도로 변하고 있었다. 물론 어느 경우 '배 째라' 식의 반격도 간혹 시도했지만 그리 효과적인 것 같지는 않았다.

이화순 노인은 목욕 일정 문의와 함께 지난 상반기 보건소의 방문간호팀과 연계한 목욕서비스를 다시 받고 싶다며 전화를 한 것이었다.

다음 주 화요일, 노인과의 조우를 생각하니 서서히 뒷목이 뻐근해졌다.

2010년 10월 하순, 칙칙하게 비가 내리던 하루가 저물어 가고 있었다.

2.

새해가 시작되었다.

온난화로 지구는 점점 뜨거워진다는데 신년 겨울은 유달리

추웠다.

3개월 만에 김해우 어르신을 다시 찾아갔다.

"어르신 요즘 어떠세요. 추워서 목욕도 제대로 못 하는데 어디 아픈 데는 없어요?"

"그렇지 뭐, 지난번에 준 전기담요가 아주 따뜻해. 고마워."

"따뜻하다니 다행이네요. 이윤숙 선생님 잘 다니시지요?"

"응, 잘 다녀. 누군가 했더니 그 도시락 갖다주는 아줌마드만. 지난번에 도시락 갖다주고 다음날부터 하루에 한 시간씩 꼭 댕겨가."

"와서 뭐하고 가요?"

"뭐, 어떤 날은 말벗도 하고, 어떤 날은 설거지도 해주고, 청소도 해주고 그러지 뭐."

"마음에 드세요?"

"그럼 맘에 들고말고. 아니 들고 말고가 어딨어. 고맙기만 하지. 허허."

"잘됐네요. 그런데, 왜 이리 안 좋아 보여요? 정말 어디 아픈데 없어요? 얼굴이 작년보다 더 까매진 거 같은데?"

"다 늙으면 그렇게 되는 거지. 낼모레 팔십인데 검버섯도 피고, 꺼메지기도 하는 거지 뭐."

"아니… 그런 게 아닌데, 살도 많이 빠지신 거 같은데?"

"아이, 괜찮다니까 그래. 최 팀장 나 몰라? 괜찮다면 괜찮은 거여."

건강에 관해 묻는 것을 저어하는 느낌이었다. 작년에 병원에 가자 하던 것을 극력 거부하던 모습이 떠올랐다. 노인은 남들이 당신의 건강에 대해 염려하는 것을 부담스러워했다.

"아부지…. 나한테, 뭐 숨기는 거 있지."

상담일지를 덮으며 김 노인에게 정색을 했다.

"아니 이 사람이. 내가 뭘 숨겨, 최 팀장이 나에 관해 모르는 게 있나? 내 통장을 못 봤나? 아니면 내 이름을 모르나, 내가 최 팀장에게 숨기는 게 뭐가 있어. 암 것도 없어."

느릿하게 말을 이으며 그는 탁해진 눈을 껌벅거리며 손등으로 눈을 비비기 시작했다.

"아 그렇다고 울어여? 눈물 나요? 아니면 눈이 아파요?"

"허, 이 사람이 실없긴, 내가 왜 울어. 눈이 피로하니까 그런 거지."

"눈이 왜 피로한데? 백내장이나 녹내장 그런 거 아무것도 없었잖아."

"그래. 그런데, 요즘 그러네…"

노인은 말을 삼키고 있었다. 나는 사례관리 파일에 있던 건강 기록을 기억하려 애썼지만 정확하게 떠오르지 않았다. 불길한 예감이 솟았지만, 억지로 들그서내고 싶지 않았다. 더 몰아붙이지 말자 생각했다.

화제를 돌리기 위해 주위를 살폈다. 그러고 보니 방 곳곳에 쟁여 있던 폐지 묶음들과 잡동사니들이 보이지 않았다. 방이 훨씬 넓어지고 깨끗해졌다. 어찌했느냐 하니 이 선생이 하도 닦달을 해 지난달 모두 꺼내어 팔았다고 한다.

"허이구, 내가 그렇게 팔라고 할 때는 들은 척 만 척하더니 이 선생이 팔라니까 그렇게 금방 팔아요? 내 얘기보다 이 선생 말이 더 직빵인가 봅니다? 암튼 치우고 나니까 깨끗해져서 보기는 좋네요. 그런데, 좀 춥다. 겨울이라 그런가? 넓어져서 그런가?"

"허허. 그래, 좀 추워지긴 했어."

"그렇지요? 그것들도 자리를 잡다가 없어지니 휑한 느낌이 드네. 사람이나 물건이나 옆에 있다가 없어지면 좀 거시기해지는 것 같네. 그러고 보니, 아부지, 결혼한 적 없다고 했지요. 순수 생 총각이라고 하지 않았었나?"

"그래, 오리지널로 총각이지. 알잖아. 절집에서 컸다는 거."

"절집에서 컸으면 뭐 어쩌라구, 출가한 적도 없다며."

"그래, 그래. 출가한 적은 없지. 허허…"

"참말로 이리 지낼 줄 알았으면 계나 받지 그랬어요, 배경은 좋았잖아? 그야말로 그때 동진출가童眞出家했다면 지금쯤 법랍 60년이 넘는 고승이 되셨겠十면."

"허, 그러게 말이야. 그런데, 절밥 먹기가 어디 쉬운가… 중한 것이 앞에 있어도 그 중함을 알지 못하는 것이 범부들이지. 인연들이 쇠하고 흥해도 그게 소중한 건지 어떤 건지 모르니까 니토泥土에 중생들이 아니던가…"

"헐, 정말 맞는 말씀이네요. 역시 절밥은 공밥이 아닌가 보네요. ─어이구, 죄송합니다. 제가 건방을 떨었네요."

"뭘, 괜찮아. 최 팀장이야 내 아들 같은 친군데, 그리고, 거기 복지관이 불교법인이라고 하면서 직원들이 모두 불교신자는 아닌 모양이야. 최 팀장 말고는 이런 얘기 할 사람이 없던걸."

"그거야 제가 잘나서죠, 뭐, 하하하. 응무소주 이생기심應無所住 而生其心[1]이라 안 했던가요. 반야경인가? 그 잘난 맛에 어느 곳에도 집착 안 하고 떠돌다 이제야 겨우 마음을 내고 둥지를 틀었

---

1 금강경(金剛經) 사구게(四句偈) 중 제이구게 장엄정토분((莊嚴淨土分)의 한 구절. 일반적으로 '응당 머무는 바 없이 그 마음을 낸다'라는 뜻으로 쓰인다. 보살이 오온(五蘊)(현상의 욕망 등)에 집착 않고 청정심을 내야한다는 뜻이다. 육조 혜능대사의 발심일화로도 유명하다.

는데요. 뭐."

"허, 그 법문을 그리 썼는가? 아전인수 해석일세. 허허, 그리고 반야경이라니, 이 사람이 불교대학 나왔다고 하더니만 금강경 사구게도 모른단 말여? 허허허."

"헤헤, 나두 알아요. 내 맘대로 방편이죠. 이놈의 구업口業 때문에 애시당초 부처는 텄고 잘해야 지옥 갈 거예요. 그리고, 금강경이었어요? 하긴 뭐 제대로 아는 게 있어야지."

"..."

덜렁거리며 말을 맺는데 김 노인은 아무 말도 없다. 눈을 감고 있었다.

잠시 주위가 무거워지고 무언가 결심을 한 듯 김 노인은 숙연한 음성으로 입을 열기 시작했다. 내가 의도했던 상황 전개는 아니었지만, 아무렴 어때 하고 내심 김 노인의 이야기에 집중하기 시작했다.

"최 팀장. 기분 상하지 말고 들어줬으면 해. 내 아들 같아서 하는 이야기야. 아니 아들한테도 하지 못했던 이야기지."

"예? 아들한테도 하지 못한 이야기라고요? 장가도 안 갔는데 아들이 있었어요?"

"그래. 아들이 있어. 지금 중환자실에 있네. 의식도 없고, 목에 코에 관을 꽂고 누워 있어… 그리고, 그 아들을 다시 볼 수 없을 것 같아."

"아니, 무슨 얘기에요. 천천히 말씀해 보세요."

나는 개인적인 사례관리를 통해 그의 가족력과 삶의 궤적 등 전체적인 인생살이의 부침에 대해서 어느 정도는 알고 있었다. 하지만, 그의 담담한 회고와 함께 드러난 세세한 삶의 자취는 가슴을 먹먹하게 만들었다.

그의 이름은 해우소解憂所의 해우解憂다.

경상남도 산청의 한 비구니사찰에서 강보에 싸인 그가 발견되었다. 백일이 갓 지난 핏덩이를 발견한 곳이 하필이면 해우소 앞이라 그의 이름은 해우가 되었다고 한다. 그리고, 생일은 부처님을 따라 4월 8일이 되었다.

사찰 비구니 스님들의 애틋함과 자비로 성장한 그는 그곳에서 허드렛일을 하고 불경을 배우며 12년을 살았고, 해방이 되던 해 대처로 나왔다.

하늘과 구름, 그리고 나무와 꽃, 흙과 바위밖에 보이지 않는 산중 절집 생활은 어린 해우를 외롭게 만들었다. 그리고 열한 살

무렵 할머니로 믿고 의지했던, 자상하지만 엄격한 주지 스님에게 자신의 출생 내력을 들은 이후, 해우는 아이의 옷을 벗어 버렸다. 다른 엄마 스님들과 이야기를 하고 싶지도 않았고, 산으로 땔감을 줍는 것도, 나물을 캐러 다니는 것도 흥이 떨어졌다. 생모를 만나고 싶었다. 자신을 왜 버렸는지 알고 싶었다. 외롭고도 암울한 욕망이 그를 지배했다.

해방이 되던 1945년 8월, 해우는 심각한 고민도 없이 사찰을 나왔다. 산중생활의 유일한 또래 친구였던 공양주보살의 아들 갑식과 함께였지만, 갑식은 진주에 도착한 후 삼 일째 되던 날 큰집의 형들에게 붙잡혀 갔다. 그들에게서 절집이 발칵 뒤집혀 그를 찾는다는 소식을 들었지만 그는 돌아가지 않았다. 그리고 비렁뱅이로 진주에서 이 년을 살아남았다.

1950년의 전쟁을 기점으로 해우는 십여 년간 떠돌이로 부유했다.

스물두 살로 광주의 도청에 미화원으로 취직하기까지 그는 동서로 남북으로 떠돌아다니며 동냥밥과 날품으로 연명했다. 하지만, 미화원으로 취직한 후 비록 쥐꼬리 반 토막만 한 월급일망정 또박또박 지급되는 급여는 그에게 안정과 정착에 대한 희망을 심어 주었다.

이십여 년간의 미화원 생활을 그만둔 마흔 중반에 그는 내실이 딸린 조그마한 잡화점을 낼 수 있었다. 응보라 하던가.

일에만 미쳐서 살아가던 그의 노력으로 손바닥만 한 잡화점은 몇 년 뒤 도청 앞 대로에 더욱 큰 매장으로 확장 이전할 수 있었고, 마흔아홉이 되는 해에는 이웃 양장점에서 일하던 서른다섯의 예쁘장한 처녀와 결혼도 하였다. 그의 회고에 의하면 비록 열네 살 터울이 지는 늙은 신랑신부였지만 자신의 인생 중 가장 행복한 시기였다고 한다.

아내가 임신 4개월에 접어드는 1979년 10월.

서울에서 난리가 났다. 대통령이 피살되었다고 했다.

해우는 시장을 떠도는 소문에 조금 불안한 마음도 없지 않았으나, 곧 태어날 자신의 아이를 생각하면 다른 곳에 신경 쓸 여력이 없었다. 늙은 임산부를 위해 지극정성으로 가게일이며 집안일을 도맡아 했다. 그리고 1980년 4월 5일 아들을 보았다.

해우는 몇 날을 고민한 후 아이의 이름을 지었다. 천하에 둘도 없는 보물이라 천보天寶라 했다. 그는 밤마다 아이를 어르고, 누워있는 아내의 수발을 들면서도 언제나 벙글거렸다.

1980년 5월.

천보가 태어난 다음 달, 해우가 살던 도시는 지도에서 없어졌다.

최루탄과 군화 소리가 난무하던 어느 날, 천보의 기저귀를 챙겨 귀가하던 해우는 눈앞에 들이대는 총구 앞에 입이 붙어버렸고, 곧이어 발가벗겨져 돼지처럼 포획되었다. 지옥은 저승에만 있는 게 아니었다.

해우가 목숨이 붙어있다는 자각을 하며 시간 세는 것을 잊어버릴 즈음 며칠간 간헐적이던 총성이 온 사위에서 격렬해지기 시작했다. 시커멓게 죽어 부풀은 눈두덩이 사이를 비집고 들어오던 실낱같은 빛줄기가 시나브로 사라졌다. 그리고 무언가 옆구리를 둔탁하게 때린다는 느낌과 함께 의식을 잃었다.

그가 핏물과 썩은 물을 뒤집어쓰고 쓰레기더미에서 깨어난 것이 언제인지 알 수 없었다.

인골에 살가죽만 붙어있는 몰골로 쩔뚝거리며 찾은 잡화점에는 해우가 알고 있던 그 무엇도 남아 있지 않았다. 아내와 천보가 있던 내실은 흔적도 없이 사라지고, 잡화점은 폭격이라도 맞은 듯 황폐한 몰골로 해우를 맞이했다.

해우의 머릿속이 흐릿해졌다. 아내와 천보가 나오는 꿈을 꾸었고, 나는 지금 백일몽에서 깬 것이다. 아직 북괴군과 전쟁 중인 거다. 여기저기 불에 타고 시커멓게 그을린 이곳이, 부서진 책상이며, 진열대 조각들이 널브러져 있는 이곳이, 누군가 지냈을 살림살이의 잔해들이, 전쟁이 아니면 이럴 수 없지 않은가… 이 모든 것들은 격렬한 전투의 상흔인 거다.

해우는 머리를 쥐어뜯으며 무너져 내렸다.

아내의 주검을 확인한 후, 해우는 천보를 찾아 전라도를 뒤지고 다녔다.

전국을 헤집고 다녔다. 하지만 찾지 못했고, 예순을 맞은 그는 서울의 은평구에서 폐지를 줍기 시작했다.

2003년 9월 해우는 동사무소에 국민기초생활보호대상 수급 독거노인으로 등록되었다. 같은 해 10월에는 서른여섯의 최우혁 사회복지사와 첫 상담을 하고 도시락과 목욕서비스를 제공 받는 것에 동의했다.

2010년 7월 해우는 간암 4기로 확진 받았다.

2010년 12월 생애 마지막이라 생각하고 내려간 광주에서 우연히 만난 처사촌에게 천보의 생존을 확인했다. 그리고 서울에서 아들을 찾았다.

2010년의 마지막 날. 영식이란 이름으로 개명한 아들과 해후

하였으나 서로의 상처만 확인하고 죄책감에 빠져 귀가했다. 아들은 그를 인정하지 않았고, 노인은 그저 미안하다고만 했다. 하지만, 아들이 휴대폰의 번호를 바꾸거나 하지는 않았다.

2011년 1월. 노인은 경찰로부터 아들의 교통사고 소식을 접하고 그가 식물인간으로 누워있는 병원에 다녀왔다.

어이가 없었다.

노인에게 아들이 있다는 것과, 그가 지금 죽음을 몇 달 앞둔 간암 말기의 환자라는 것이 믿을 수 없었다. 짧지만, 긴 그의 이야기를 듣는 내내 나는 아무것도 보이지 않는 암실 속에서 무거운 호흡만을 거듭했다.

사회복지사로서 곤란에 빠진 대상자에게 무엇을 지원하고, 강화시켜야 하는지 고민해야 함에도 아무것도 할 수가 없었다. 한 인간이 겪은 피할 수 없는 격렬하고 처절한 삶의 흐름에 나는 넋을 놓고 있었다.

그날 어떻게 차를 몰고 복지관으로 돌아왔는지 모를 정도였다. 정신을 차리고 업무에 복귀하는 데에 꼬박 하루가 걸렸다. 그리고 김해우 노인의 6개월 잔존 여명을 하루하루 세는 버릇이 생겼다.

2011년 설 연휴가 끝났다.

갈현동의 이화순 노인은 설맞이 목욕을 마친 후 이제 서비스를 그만 받는다며 통고를 했다. 같은 동네에 살던, 복지관 프로그램에도 열심히 참여하던 어느 어르신과 함께 살기로 했다는 것이다.

"축하드려요. 엄니가 예뻐서서 그러나? 어떻게 그 어르신하고 연애를 하셨대요? 그 양반 복지관에서도 인기 최고인 어르신인데?"

"그래. 최 팀장도 알겠지만 원래 유유상종이라고 하잖아. 인물이 인물을 알아보는 거지 뭐, 하이구 그 양반 나이가 일흔다섯인데 어찌나 적극적이던지, 그냥 매일 전화하지, 만날 때마다 밥 사고 선물 사주지. 그 정성이 갸륵해서 내가 한번 봐줬지."

목욕 후 말개진 그녀의 얼굴에 슬며시 홍조가 오른다.

"우와, 정말 엄니 능력 끝내주네요. 그럼 이제 복지관 목욕서비스하고 재가 서비스 모두 종료하시는 거죠?"

"아니지. 아무리 같이 살아도 결혼하기는 힘들 거야. 그이가 나한테 자꾸 결혼하자 그러지만, 어디 그게 그리 쉽나? 그이가 자식이라고 딸 하나밖에 없긴 하지만, 물론 걔도 결혼에 찬성하는 것 같더라고. 그렇지만, 그게 아니지, 그치? 다 늙어서 좀 그렇잖아. 결혼식장에 가는 것도 그렇고."

"그러니까 엄니. 이제 복지관 서비스 모두 종료합니다? 맞죠?"

"아이구, 그래. 그 얘기 한다는 것이 내 정신 좀 봐. 그러니까 목욕서비스만 종료하자고. 같이 살긴 하지만, 내가 정식 마누라가 아니잖아. 그러니까 그이 재산이 내 재산은 아니잖아? 그래서 얘긴데 그 도시락 서비스하고 나들이하는 거, 명절 선물 주는 거, 그러니까, 그래. 재가복지 서비스는 그대로 하고 목욕서비스만 종료시키자는 거지."

"허이구, 엄니 욕심 좀 그만 내세요. 그게 뭡니까. 그러려면 동거한다고 하지 마시고요. 엄니가 그 어르신하고 같이 살면 엄니한테 지원할 수 있는 게 없어요. 어차피 엄니가 그 집 들어가먹고 자고 하는 거 아녜요. 법적으로야 부부가 아니니 남남이지만, 그렇다고 사실혼을 알면서 모른 척할 순 없잖아요. 말이 나와 하는 얘기지만 그 어르신 건물세 받아 생활하고 경제적으로여유가 있다면서요. 엄니가 같이 살면서 밥 굶고, 나들이하지 못하는 거 아니잖아요. 그럼 당연히 종결하고 다음 대기자에게 서비스를 제공해야지요."

"사람이 어찌 그리 야박해? 이 늙은이가 무슨 돈이 있고, 힘이 있다고 하루에 그깟 도시락 하나씩밖에 갖다주지 않으면서 그렇게 따지는 게 많아? 그이하고 같이 살아도 부부가 아니잖아. 그럼 계속 수급자가 되는 건데 왜 안 해 준다는 거야? 복지관 관장을 한번 만나 봐야겠네?"

"엄니, 부부가 아니더라도 부양하는 가족이 생기는 거잖아요. 휴, 어머니 마음대로 하시고요. 암튼 일주일 후 어르신 거취 확인 후에 판정회의 할 겁니다. 저 갈게요. 들어가세요."

시동을 걸고 차가 움직이자 조수석의 목욕봉사자 두 명이 어처구니없다는 듯 혀를 차기 시작했다.

일주일 후 이화순 여사는 갈현동의 고급 빌라촌으로 거취를 옮겼다.

3월에 들어가 며칠 안 된 날이다. 그녀는 북실북실한 모피 코트를 입고 복지관에 나타났다. 연신 '3월인데도 춥네, 어쩌구' 하며 그의 동거남과 팔짱을 끼고 복지관을 관람하듯 돌아다녔다. 가끔 알은체하는 노인들과 잠깐씩 대화를 나누는가 싶더니 얼마 지나지 않아 그의 에스코트를 받으며 '벤츠'를 타고 돌아갔다.

그녀의 뒷모습을 흘겨보던 노인 한 명이 주위에 속살거렸다.

"… 저년이 그 불광동 살던 강 씨를 잡아먹더니… 다 늙어서 아주 그 길로 나섰나 보구먼, 어이구 징그러. 저게 어디 제정신 가진 년이야? 미친년!"

3.

4월 중순이 되었다.

이윤숙 선생에게 전화가 왔다.

"여보세요. 최 팀장님. 예, 이윤숙이에요. 요즘 어르신이 너무 무리를 하시는 것 같아서요. 하루도 빠짐없이 아들 병실을 지키고 있네요. 매일 대소변 받아내고, 씻기고… 피딩하고, 석션하고 ―어휴, 정말 간호사가 할 걸 다 하고 있어요. 당신 병은 아무런 신경도 쓰지 않고요. 팀장님이 좀 말려주세요. 저러다 확 쓰러질 것 같아요."

"제가 말씀 안 드렸겠습니까. 아시잖아요. 해우 어르신 답이 안 나와요. 후―. 이 선생님. 그래도 댁에 방문해서 밥하고 반찬은 좀 챙겨 놓으세요. 필요한 거 있으면 말씀하시고요. 저도 뭘 어떻게 해드려야 할지 모르겠네요. 법인의 시설 입소도 마다하고, 요양병원도 싫다 하시니 강제로 할 순 없잖아요. 그저 선생님이 좀 더 신경 써 주실 수밖에요."

"알았어요. 다른 분들 때문에 오롯이 신경을 쓰지는 못하지만, 어찌하든 퇴근할 때라도 매일 들러서 식사는 챙겨 놓는데, 어르신이 거의 집에 없어요. 그저 아들 곁에만 붙어 계시네요. 그래도 반찬이 없어지는 것을 보면 챙겨 드시긴 하는 모양이에요."

"할 수 없지요… 아무튼 선생님 고생해 주세요. 언제나 감사해요."

전화를 끊고 마음이 무거워졌다. 벌써 180일에서 80일 가까이 빠져나갔다. 남은 일수는 대략 100일. 7월을 넘길 수 있을까, 저렇게 아들 곁에 있는 것이 언제까지 가능할까.

7월.

아들과 같은 건물, 다른 층에 입원한 김해우 노인의 얼굴이 흙색으로 변해 있었다. 머리카락은 모두 빠져 있었고, 눈동자는 총기를 잃었다. 여위긴 했지만 그렇다고 미이라 같은 모습은 아니었지만 그는 반갑게 나를 맞이했다.

"어이구, 아버님, 생각보다 건강하시네. 잘 지내고 계시죠?"

"허허, 그래 최 팀장. 요즘 자주 오네? 왜 입원했다고 금방 갈까 봐 걱정돼? 걱정하지 마. 아직 펄펄하니까. 아플 수도 없어. 아프더라도 우리 천보 깨어나야지. 그전까지 아프면 안 돼."

"그려요. 그럼 아드님이 한 일 년 후쯤 깨어나면 되겠네. 그럼 그때까지는 펄펄 할 거잖아."

"그게 그런 얘기가 되나? 에이 이 사람아, 그래도 일 년 후에 깨어난다는 말은 악담일세. 그럼 못써."

"허어 참, 알았슈… 그런데, 아부지! 솔직히 말씀 좀 해봐. 힘 안 들어? 안 아파? 이 선생하고 담당의 선생한테 얘기 다 들었어. 지금 아버지 움직이는 게 기적이란 거 알아?"

내 목소리임이 분명한데 남의 얘기처럼 들렸다. 가슴이 먹먹해졌다.

"허, 최 팀장. 평소 같지 않게 왜 그래? 뭐 기적이라면 기적이고, 아니면 아닌 거지. 정해 놓은 거 있나? 허, 마음 졸이지 마. 왜, 내가 금방 안 가서 불안해? 허허…"

"허이구. 말씀하시는 것 좀 보소, 내가 그래 보여요? 나라고 맨날 퉁퉁거리기만 하는 줄 아나? 우째 말씀을 그리 섭섭하게 하시오?"

"그래. 그래야 자네답지. 허. 요즘 와서 드는 생각인데, 삶이란 게 가봐야 남는 것도 없이 허무하지만 또 한편으론 어떻게든 지지고 볶고 지내봐야 하는 그런 거라는 생각도 드네. 그래서 그런지 내 것은 어찌 되든 상관없는데, 아들 거엔 집착이 가네. 머무름 없이 생기는 대로, 흐르는 대로 놔두라지만, 그게 그 마음 흘러 고이는 곳이 아들의 목숨이거늘…. 허허, 그야말로 내 맘대로 '응무소주 이생기심' 일세, 허허…"

"어이구, 웃음이 나와요? 우리 아버님 정말 도인 다 됐네. 스님처럼 머리카락도 한 올 없고 가사만 걸치면 제대로네."

"그러고 보니 그렇구만. 허, 이제 부처님 토막이 되는 건가? 훌. 관세음보살, 석가모니불…"

농담을 즐기던 그가 침대에서 일어나고 있었다. 예정 수명 일이 다 된 7월 그의 움직임은 절대 말기 암 환자가 아니었다. 그를 부축했다. 무균 장갑이 걸리적거렸다.

"어디 가시게요?"

"어디겠나, 아들 보러 가야지. 이제 석선 해 줄 시간이구만."

그는 워커를 밀며 걸어서 갔다.

휠체어를 권했지만 가벼운 미소로 거절했다.

중환자실 병동으로 동행했다.

나는 그곳에서 죽어가는 아버지가 죽은 듯 살아 있는 아들에게 보내는 장엄한 속죄와 사랑의 경문을 들었다.

2011년 8월 1일 오후.

그가 떠났다.

사무실 창문 밖으로 비가 내리고 있었다. 여름에 내리는 비 같지가 않다.

가늘게 내리는 비다. 어둑한 도화지에 떨어지는 흔적을 남기며 실처럼 거미줄처럼 지면에 내려앉는다. 복지관 마당에 만항하사萬恒河沙[2]의 빗줄기가 떨어지고 있었다.

빗방울의 끊김이 보이지 않는다. 영원히 이어질 것 같은 비다.

그날 저녁 아들 천보의 의식이 돌아왔다는 이 선생의 전언을 들었다. 그는 입술을 달싹이며 아버지를 찾았다고 했다.

노인이 마지막 숨을 뱉고 떠난 시간에….

---

2 갠지스 강에 있는 수없이 많은 모래라는 뜻으로, 한계가 없거나 수없이 많은 것을 이르는 말.

잠시의 밤

세상의 기준에 맞춰 그냥 그렇게 남들처럼 산다는 것이 어려운 일이라는 것을 사십 중반에 들어서야 알았다. 남들처럼 산다는 것이 보는 이마다 다를 수 있지만, 욕망의 높이를 아무리 낮춰도 그냥저냥 살아가는 게 결코 쉬운 일이 아니라는 슬픈 확인을 했다. 어찌 보면 제멋대로 살아온 삶의 행적에 대한 당연한 귀결일 것이다.

그렇다고 삶의 일희일비에 휘둘리지 말고 꿋꿋하게 주관대로 살았는가 하면 그렇지도 않다. 그런 일관된 자세 역시 고집하지 않았다. 하루 세 번 끼니를 챙기고 사람들과 부대끼며, 일을 하며 사는 사람들이 어찌 찰라마다 변하는 상황과 희로애락에 초연한 채 살 수 있을까.

단지 마주하는 현실과 내가 발을 디딘 곳에서 최선을 다할 뿐이다.

그리고 인과因果라는 피할 수 없는 흐름에서 후회는 하지 않고 세상을 살아가자는 것이 유일한 가치이자 자신과의 약속이다.

2017년 말 등단 5년 만에 첫 작품집을 낸다는 의욕만 앞서 스스로 돌아보기에 조금 민망한 소설집을 발간했다. 여러 선생님들과 독자들에게 감히 일독을 청할 만큼의 염치는 없었기에 주변 지인들에게만 한정적으로 소식을 알렸다.

2년이 지난 지금 두 번째 작품집인 『초록야차의 환시』에는 2012년 등단 작품인 「살계」와 2019년 가을에 발표한 「환희동의 5월」까지 몇몇 문예지에 게재한 8편의 단편을 실었다. 사실은 첫 작품집이나 다름없다. 당시 게재한 원고 거의 그대로인 작품도 있고, 몇 번의 퇴고를 거쳐 느낌이 조금 달라진 작품도 있다.

세상살이의 굴곡에서 개인적으로 조금은 곤궁하고 심란했던 2019년이 저물고 있다.

초록야차의 환시가 세상에 나오기까지 응원과 격려를 보낸 가족과 문우들에게 사랑을 전한다. 또한 제작비 일부를 지원해 준 경상남도 산청군청에 감사를 표하며 아울러 각별히 신경 써 주신 도화출판사 김성달 사장님께 감사를 드린다.

마지막으로 요상한 세상의 복지판에서 묵묵히 자리를 지키며 자신의 소임을 다하고 있는 사회복지사와 요양보호사, 활동 보조인, 도우미들께 존경과 사랑을 보낸다.

2019년 가을

박 황